SHY NOVELS

紫の祝祭
Prince of Silva

岩本 薫

イラスト 蓮川 愛

Contents

紫の祝祭【カーニバル】

Prince of Silva

プロローグ

寒々しくて殺風景な部屋だ。四角い空間を囲む壁はコンクリート打ちっ放しで、床もコンクリート。スケルトン天井には剝き出しのダクトが這う。窓がないせいか、天井の照明の光力をもってしても、どことなく薄暗かった。

エレガントさの欠片《かけら》もない部屋には、何度訪れても馴染《なじ》むことができない。

だがおそらく、軍人である部屋の主《あるじ》は、装飾や調度品など無用の長物だと思っているのだろう。

「遅かったな。待ちくたびれたぞ」

ガブリエルがその部屋に足を踏み入れた瞬間から、男は苛立っていた。

鴉《からす》の濡れ羽よろしく艶《つや》やかに光る黒髪を、ぴったりとオールバックに撫でつけた大柄な男だ。今日は見慣れた軍服姿ではなかった。黒いタートルネックのカットソーと同色のボトムに、恵まれた体躯《たいく》を包んでいる。

肌は象牙色で、顔の造作は極めて立体的だ。

秀でた額と黒々とした眉。まっすぐで高い鼻と不機嫌そうに引き結ばれた唇。

ただでさえ押し出しの強い男に、さらに一目で忘れられなくなるような強烈なインパクトを与えているのは、紫《ヴァイオレット》の双眸《そうぼう》だ。

人種のるつぼであるエストラニオに於《お》いても類い稀な色の瞳は、いま現在の、男の苛立ちを表すようにどす黒く濁っていた。

「遅れてすまない。出際に電話がかかってきて、足止めされてしまったんだ」

下手《したて》に出たガブリエルのエクスキューズに、男が「ふん」と鼻を鳴らす。

「会いたいと連絡してきたのはおまえだぞ、ガブリエル」

そう吐き捨てると、男は革製のソファの背もたれに、脚を高く組んでふんぞり返った。

壁を背にして置かれたソファの両サイドには、大柄な男が二人立っている。腰幅に開かれた脚と、後ろで組まれた手。背筋は襟首から棒を差し込まれたかのごとくぴんと伸ばされ、鋭利な視線は正面を見据えて微動だにしない。

ガブリエルは、心のなかでつぶやいた。

（いくら平服に着替えていても、目つきや立ち居振る舞いで素性が丸わかりだよ、軍用犬くん）

この二人は、よく見かける顔だから、男のお気に入りに違いない。さしずめ、選《え》りすぐりの精鋭部隊といったところか。

二人の屈強な部下を左右に配す男に対して、ガブリエルは単身でこの場に赴いた。第三者を帯同することを、男が許可しないためだ。

だがまあ、それも仕方がない。ここは男の領域《テリトリー》なのだから。

ちなみに男との会合は、彼のアジトで行われるのが通常だ。

男に会いたい時、ガブリエルは単身、男のテリトリーまで出向くことになる。

その条件をクリアしてさえ、アジトに入る前にボディチェックが施される。武器を隠し持っていないかを、入念に調べられるのだ。

自分は懐《ふところ》に拳銃を隠し持っているくせに、実に身勝手な話だが、ガブリエルとて男に公平無私を求めているわけではない。むしろそんな男だからこそ、手を組んだ。

自分がパートナーに求めているのは、人を貶《おとし》め、傷つけることに一切の罪悪感を持たない非情さ。安易に人を信用しない疑《うたぐ》り深《ぶか》さ。

手を組む前に、男の生い立ちを遡《さかのぼ》り、人となりを徹底的に調べ上げた。結果、この男こそ自分のパートナーに最適な人材だという確信を得た。

男は過去に、ライバルと目されていた将校を卑怯な罠《トラップ》に陥《おとしい》れ、スパイ容疑をかけて、自死に追いやっている。そのほかの邪魔者もすべて追い出し、最終的に、エリート師団であるエストラニオ親衛隊のトップに君臨するに至った。

現在の親衛隊に、男に刃向かう者は一人もいない。

傲慢《ごうまん》かつ残虐で、用心深く、狡猾《こうかつ》な独裁者。

自分が求める必要条件を満たしている。

これ以上の相手は望めないだろう。

(好き嫌いは別として……完璧だ)

ガブリエルは革製のソファに歩み寄り、神妙な面持ちで片手を胸に当てた。

「リカルド」

親愛の情を滲《にじ》ませた声音で男の名を呼ぶ。

「もう一度謝るよ。きみの貴重な時間を無駄にさせて申し訳なかった」

エストラニオ一のマフィア組織『ｃｏｒｅｓ《コレス》』のボスから、重ねての謝罪を受けて、ようやく男の表情が幾ばくか和らいだ。といっても、不遜なオーラは相変わらずだ。

リカルド・ヴェリッシモ。

仮にも上級大佐という立場にありながら、男は水面下でマフィアと結託し、軍の武器を横流ししている。

見返りは明快。金だ。

出会った頃は、裏取引で私腹を肥やすことに熱心だったが、ある程度金銭的に満足すると、欲が出てきたらしい。

ここ数年はさらなる野望を口にするようになっていた。ゆくゆくは自分が軍部の最高権力者となり、軍事力によってエストラニオを支配するという野望だ。

ガブリエルにとって、悪い傾向ではない。

大きな野心は、有能な手駒のパフォーマンス向上の原動力になるからだ。

数年前も、リカルドと彼の直属の部下である精鋭部隊の働きによって、ガブリエルが率いる『ｃｏｒｅｓ』は壊滅の危機を免《まぬか》れている。

当時のシウヴァの当主、グスタヴォ・シウヴァが、エストラニオ軍の上層部に、マフィアを一掃するよう働きかけていたのだ。グスタヴォは、息子のニコラスを死に至らしめたマフィアを憎み、報復に燃えていた。

上層部に顔の利《き》くリカルドの内通で、その動きを知ったガブリエルは、軍との全面対決を未然に防ぐために、リカルドにグスタヴォ暗殺を持ちかけた。

申し出を快諾したリカルドは、親衛隊の精鋭部隊を率いてグスタヴォの乗った車両を襲い、致命傷を負わせた。搬送された病院で、エストラニオのコンドルと称された男は死亡した。

ガブリエルの誘いに乗るかたちでグスタヴォ暗殺を決行したリカルドだったが、彼にとっても、シウヴァ当主の死は、かねてよりの悲願だった。

成り上がりの起業家であったリカルドの父親は、二十五年前、シウヴァとの企業間闘争に敗れ、多額の負債を抱えた。返済はかなわず、リカルドの父親は破産。自宅で縊《い》死《し》している。父親と資産という後ろ盾を失い、恵まれた境遇から一気に転落したリカルドにとって、以降、シウヴァ一族は復讐《ふくしゅう》の対象となった。

第三者からすれば逆恨みとしか思えないが、どん底から這い上がるためには、なにかを強く憎む気持ちが必要だったのかもしれない。

無論ガブリエルは、それらの事情を承知の上で、リカルドを焚《た》きつけたのだ。

リカルドがグスタヴォを葬り去ってくれたおかげで、マフィア一掃作戦は自然消滅した。

それだけではない。稀代の傑物であったグスタヴォがいなくなったことで、堅牢なシウヴァ要塞に隙間が生じ、ソフィアを口説き落とすことができた。まさしく一石二鳥とはこのことだ。

シウヴァ攻略の突破口を開き、二年以上の歳月をかけてじわじわとシウヴァの中枢まで侵入を果たし、若き当主の目障《めざわ》りな側近——ヴィクトールの追放にも成功した。

最終目的であるブルシャの生息地まで、あと一歩というところまで迫っている手応《てごた》えがある。

「どうなっているんだ？」

不意に投げかけられた問いに、ガブリエルはゆっくりと双眸を瞬《しばたた》かせた。ほどなく焦点が合い、黒みがかった紫の瞳が視界に映り込む。その目には、ふたたび苛立ちが浮かんでいた。

「どう、とは？」

「シウヴァのプリンス殿だよ」

鼻の頭に皺《しわ》を寄せて、リカルドが吐き捨てるように言う。

「レンか」

「何度も言わせるな。俺の望みはシウヴァの血筋を根絶やしにすることだ。グスタヴォが死んでも、シウヴァの血を引くガキどもが残っていては意味がない」

リカルドの復讐心は、グスタヴォに続き、現当主のレン、レンの従妹《いとこ》でグスタヴォの孫であるアナ・クララの二人を手にかけたくて仕方がないのだ。当主のレンはともかく、まだ少女と言っていい幼いアナの命まで狙うのはさすがに人としてどうかと思うが、諌《いさ》めれば揉め事が生じるのが目に見えているので口にはしない。それに、いまのところ、本命はレンだ。

本命のレンについて、これはリカルドから聞いた話だが、彼らは一度パーティで顔を合わせている。その際、レンの傍《かたわ》らには、側近のヴィクトール・剛《ごう》・鏑木《かぶらぎ》の姿があった。

実は、リカルドとヴィクトールのあいだにもまた、因縁の過去がある。

ヴィクトールは退役軍人だが、亡き父のあとを継ぐために除隊するまで、エストラニオ親衛隊に所属していた。当時の上官はオスカー・ドス・アンジョスという男で、ヴィクトールはオスカーを尊敬し、とても慕っていたようだ。

そのオスカーこそ、リカルドのライバルであり、彼が罠《わな》に嵌《は》めて自殺に追い込んだ人物だった。オスカーの自死後、リカルドはヴィクトールに『自分の副官になれ』と迫った。シウヴァ家に近い家柄出身のヴィクトールを、側において服属させたいという、昏《くら》い欲望があったのかもしれない。だが、ヴィクトールはリカルドの誘いをきっぱりと退けた。自分を袖にしたヴィクトールに、リカルドは屈折した憎悪を抱くようになった。

遺恨に思っていた男との十年ぶりの再会。しかも男は、憎きシウヴァの当主の守護者然と傍らに寄り添い立った上で、自分への敵意を隠さず、『俺はまだあなたを許していない』と言い放った。リカルドの胸に怨讐《おんしゅう》の炎が燃え上がったことは想像に難《かた》くない。

「もちろん、わかっている。そのために私はシウヴァの内部に入り込んでいるんだ」

憎悪を宿す紫の瞳を見据え、ガブリエルは宥《なだ》めるような声を出した。

ガブリエルがシウヴァに取り入った真の目的は、ブルシャの生息地を探ることにある。

しかしリカルドには本当の目的は明かさずに、「シウヴァが二度と『ｃｏｒｅｓ』に牙を剝かぬよう、すべての芽を潰すため」と言ってある。

翁《おう》を亡きものとしたあと、ソフィアとアナを取り込んでシウヴァの内部に入り込み、側近のヴィクトールを排除して、若き当主を孤立させる。しかるのち、じわじわと包囲網を狭めていき、最終的にはレンの命を奪い、シウヴァを崩壊させる。

ガブリエルが提示したシウヴァ滅亡のシナリオに、リカルドは目をギラつかせ、「一枚嚙ませろ」と食いついてきた。

本当の話をすれば、欲深い男は、必ずや取り分を寄越せと言い出すだろう。リカルドがブルシャ利権に関われば、面倒なことになるのは火を見るよりも明らかだ。

それはガブリエルの望むところではなかった。

「時間がかかりすぎだ。なにをぐずぐずしている。俺は一刻も早く、シウヴァの滅亡をこの目で見たいんだ」

苛立って急き立てるリカルドを、ガブリエルは「そう焦るな」と諭した。

「物事にはタイミングというものがある。いまはベストな時期を見計らっているところだ。私に任せてもらえれば、きちんと結果は出す。これまでだってそうだっただろう？」

ことさら自信に満ちた声音で、リカルドに言い含める。

そうだ、これまではすべてが順調で、計画どおりに上手くいっていた。

ただ一つの失敗を除いては。

残念ながら、ルシアナを使ってレンに仕掛けた罠は不発に終わった。

ルシアナの口からはっきりと「失敗した」と聞いたわけではないが、状況から推察する限り、そうとしか思えない。

あの日――事前の計画では、ホテル・エズメラウダの最上階スイートから下りてくるルシアナと、ロビーで落ち合う段取りになっていた。

作戦が遂行されているあいだ、ロビーで待機していたガブリエルは、頃合いを見計らってルシアナの携帯に連絡を入れた。

——いまから下ります。

ルシアナの口から合図が発せられた。レンの指輪をダミーと交換し、本物を手に入れたという合図。あとは、ロビーに下りてきたルシアナからエメラルドの指輪を受け取るだけだった。

だが、それから二十分が経過しても、ルシアナはロビーに姿を現さなかった。

出際に誰か別の人間から電話がかかってきた、もしくは準備に手間取っている、などの事情を加味しても、二十分は待たせすぎだ。

アクシデントの気配を察したガブリエルは、二十五分経過を機にロビーをあとにした。

たとえ、手を伸ばせば届く場所に獲物がぶら下がっていたとしても、その真下に落とし穴が掘られている可能性がごくわずかでもあれば深追いはしない。それがマイルールだ。

欲を掻き、無謀を剛気と勘違いし、自滅した輩《やから》など、腐るほど見てきた。

自分は撤退を消極的な選択だとは思わない。敵前逃亡を恥ずかしいとも思わない。リスクヘッジを徹底してきたからこそ、これまで数多《あまた》の修羅場《しゅらば》を潜り抜けてこられたし、並み居る競争相手たちを押さえて『ｃｏｒｅｓ』のヘッドというポジションまで上り詰めることができたのだ。

その後、ルシアナの携帯に何度か連絡を入れたが、本人は出ず、折り返しの連絡もなかった。

ここまで条件が揃えば、導き出される結論は一つ。

ルシアナがレン側に寝返ったと考えるのが妥当だろう。

そもそもこの件に関しては当初から、成功の確率は五分五分だと思っていた。

ルシアナはあまりに純　真《イノセント》すぎた。何色にも染まっていない彼女を染めるのは容易だったが、その純真さが仇《あだ》ともなり、心根まで染め切ることができなかった。ここ最近は罪悪感に追い詰められ、精神的に弱っていたから、良心の呵責《かしゃく》に耐えきれなかったとしても仕方がない。

だがおそらく、土壇場《どたんば》での離反の理由はそれだけではない。まず間違いなく〝あの男〟が絡んでいる。

シウヴァの王子が一人で、自分の立てた謀略《たくらみ》を見抜き、阻止できたとは思えなかった。レンは聡明だし、ゆくゆくグスタヴォを凌《しの》ぐ当主となる可能性を秘めているが、若さ故に経験値が低く、自分を出し抜けるような老獪《ろうかい》さは持ち合わせていない。

問題は〝あの男〟。レンの守護者である黒の騎士《ナイト》。

ヴィクトール・剛・鏑木だ。

側近の座から追い払ったはずが、いつの間にか舞い戻り、水面下で暗躍している。

むしろ立場上の枷が外れて身軽になった分、より厄介な存在となった。

あの男のことだ。これまで自分が実行してきた謀《はかりごと》は、おおむね解明済みだろう。が、物的証拠は摑めていないはず。寝返ったとはいえ、ルシアナが証言台に立つ可能性は低い。そんなことをすれば、婚約者のいる男と関係を持った彼女はスキャンダルに塗《まみ》れる。レンもヴィクトールも、白の歌姫の転落を望まないはずだ。

関与を証明できない以上、自分をシウヴァから排除することも、ソフィアとアナから引き離すこともできない。頭で考えた推論だけでは、彼女たちを説得することは不可能だ。そのために、二年以上の歳月と労力を費やして、関係を作り上げてきた。

状況的には、まだこちらが有利だ。

エメラルドの指輪を入手できなかったのは痛かったが、次の手で充分に挽回《ばんかい》できる。

「リカルド」

正面の男をまっすぐ見据えたガブリエルは、いまふたたびその名を呼んだ。

「今日は頼み事があって、この場に赴いたんだ」

「頼み事？」

リカルドが訝《いぶか》しげにつぶやき、眉根をついと寄せる。

「そうだ。これはきみにしか頼めない」

サファイアブルーの瞳に熱を込め、ガブリエルは〝相棒〟に協力を求めた。

「シウヴァ滅亡という我々共通の野望を、一日も早く実現させるためにも、ぜひともきみの手を借りたいんだ」

I

　そのメールが届いたのは、ホテル・エズメラウダでの一件から一週間が経過した朝だった。

　寝室で身支度をしていた蓮《れん》は、どこからか聞こえてくる電子音に、ネクタイを結ぶ手を止めた。この音はメールの着信音だ。しかも、プライベート用の携帯のメール着信音。

「グォオオ……」

　フットベンチに横たわっていたブラックジャガーが頭を持ち上げ、電子音に対抗するような唸《うな》り声《ごえ》を上げた。

「エルバ、携帯だよ」

　ジャングルで共に育った「弟分」に説明すると、エルバが〝わかった〟と言いたげに、長い尻尾《しっぽ》をぱたんとベンチに打ちつけた。

　折り込んだ前肢のあいだにふたたび顔を埋《うず》めたエルバを横目に、蓮は誰からのメールだろうと考える。

　自分のプライベート携帯のメールアドレスを知っている人間は、ごく限られている。

　鏑木《かぶらぎ》。ジン。ロペス。もう一人いるが、彼女からメールが届くことは二度とないはずだ。

　つまり、鏑木かジンかロペスの三択。しかし、鏑木は朝、連絡を寄越すことはまずない。かつて側近だった彼は、この時間帯の蓮が身支度中だと知っているからだ。そして同居人で親友のジンは、午前中の早い時間は大概まだ夢のなかだ。ロペスはすぐ側にいる。となると……。

（誰だ？）

三つの可能性が消えてしまい、首を捻《ひね》りながら、携帯が置いてあるテーブルに歩み寄った。手に取ってホーム画面を見た瞬間、「えっ」と声をあげる。

驚きの声に、ジャケットにブラシをかけていた執事のロペスが振り返った。

「いかがなさいましたか？」

心配そうに問いかけられ、「あ、ごめん……なんでもない」と返す。ロペスに背を向けた蓮は、もう一度画面を確認した。そこに表示されている名前は、もう二度と連絡は来ないと思っていた相手だった。

ルシアナ・カストロネベス。

南米の小国エストラニオに於《お》いて、シウヴァ家と双璧をなす名門、カストロネベス家の令嬢。

留学先のミラノから帰国したばかりのルシアナと、シウヴァの現当主である蓮は、セレブリティ主催のパーティで知り合い、メールをやりとりする仲になった。

才能豊かなソプラノ歌手である彼女は、蓮にとって、初めてできた同世代の異性の友人だった。

しかし、ルシアナをシウヴァの屋敷『パラチオ　デ　シウヴァ』に招待したことが彼女の父親の耳に入り、それをきっかけに結婚話が持ち上がってしまった。

不測の事態に追い打ちをかけるような、ルシアナからの「あなたが好きなの……レン」という告白。

女友達からの予想外の告白に、蓮は驚き、戸惑った。

気持ちはうれしいし、有り難いけれど、受け入れるわけにはいかない。

なぜなら、自分には生涯の愛を誓い合った恋人がいる。

好きで好きで、ずっと好きで、やっと想いが通じ合い、恋人同士になった。

元側近のヴィクトール・剛《ごう》・鏑木。

同性同士である以上、関係を公にはできないが、自分には鏑木以外の誰かを恋人にするという選択肢はない。

胸を痛めつつも、「きみの気持ちには応《こた》えられない」と断ったところ、ルシアナに思いがけない反撃を受けた。

――もしかして……愛している人がいるの？

――本当のことを言って。そうでないと、私……諦《あきら》められない。

涙ながらに縋《すが》られ、乞われて、追い詰められた蓮は、鏑木を愛していると打ち明けてしまった。ルシアナはショックを受け、蒼白な顔で立ち去った。蓮は自分がしでかした過ちに、呆然と立ち尽くした。

結局、自分はルシアナに真実を隠し続けているのが苦しかっただけだ。苦しさから逃げ、結果として、彼女を傷つけた。

さらに悪いことに、蓮がルシアナに二人の関係を打ち明けたことを知った鏑木が激昂《げっこう》。

――おまえにとって、俺たちの関係はそんなに軽いものだったのか？　ちょっと親しくなった友人にすぐ話してしまうような……その程度のものなのか？

――蓮、俺は怒っているんじゃない。がっかりしているんだ。おまえの認識の甘さに。おまえが世間知らずなのはわかっていたが、ここまでとは思わなかった。

怒りで我を忘れた鏑木に後ろ手に縛られ、無理矢理体を繋げられて……。

恋人の激情の嵐に翻弄《ほんろう》された三日後、蓮のもとにルシアナからメールが入り、急遽《きゅうきょ》ホテル・エズメラウダで会うことになった。

蓮は一人でエズメラウダに向かったが、スイートルームで待っていたルシアナは、蓮が到着した時点でかなり酔っていた。酔った彼女と言い争いになり、頭から赤ワインをかけられた蓮は、ルシアナの勧めでシャワーを使った。

実は、そのあいだにルシアナは、蓮のエメラルドの指輪をイミテーションとすり替えていた。

蓮をホテルの部屋に呼びつけ、酔った素振りでワインをかけるまでの一連の流れは、全部ルシアナの芝居だったのだ。

シナリオを書き、演者としての彼女を背後で操っていたのはガブリエルだ。

ルシアナが本物の指輪を、ロビーで待つガブリエルに手渡すために部屋を出ようとした寸前だった。ノック音と共に鏑木が登場し、蓮は自分が謀《たばか》られていたことを知らされた。

鏑木は、ルシアナを数日間見張っていたという。結果的に、彼女がガブリエルと秘密の逢瀬の時間を持っていることを突き止めた。ルシアナとガブリエルの繋がりを知った鏑木は、彼女がエズメラウダに取ったスイートルームの隣室を押さえ、コンクリートマイクで蓮とルシアナの会話を聞いていたのだ。

驚くべきことに、ホテル・エズメラウダでの出来事のみならず、蓮がルシアナと知り合うようになった出会いの場からして、ガブリエルの仕組んだ罠《トラップ》だった。ガブリエルは当初から思惑を隠し持って、蓮にルシアナを紹介していたのだ。ガブリエルに心を奪われたルシアナは、哀れな操り人形と化していた。

ガブリエルの最終目的は、十中八九《じっちゅうはっく》、シウヴァの始祖の手によるブルシャの文献。文献の隠し場所の鍵が、蓮の指輪だと知っての謀《はかりごと》に違いない。

一方、ガブリエルに言われるがまま蓮に近づき、友人としてメールを交わし続け、最後は指輪のすり替えという犯罪行為にまで手を染めたルシアナだが、心のなかでは罪悪感に苛《さいな》まれていた。

鏑木に一連の手口を暴かれたルシアナは、真相をすべて自白した。これまでの行いを蓮と鏑木に謝罪し、ガブリエルとの決別を宣言した。

――もうガブリエルには会わないわ。

――あなたと会うのも、これで最後にするわ。メールももうしない。携帯番号とアドレスも消去する。

――私もミラノに戻って一からやり直すわ。恋を失っても、私にはまだ歌がある。

吹っ切れたようにそう語っていたルシアナの名前――携帯のホーム画面上のそれをしばらく見つめてから、蓮はメールを開いた。

【おはよう、レン。一週間ぶりのメールになります。あのあと帰宅途中のタクシーのなかで、ガブリエルから携帯に電話があったの。もちろん出なかったわ。すぐに着信拒否設定にしたので、以降連絡があったのかどうかはわかりません】

あの日、ルシアナをロビーまで送っていった鏑木が、「二度とガブリエルと連絡を取ることはないだろうし、たとえ向こうからアプローチがあっても応じることはないだろう」と言っていたが、どうやらその推測は正しかったようだ。

ルシアナが、ガブリエルの洗脳に近い状態から覚醒し、自分を取り戻したことを確信して、まずは安堵した。

信じてはいたが、こうして本人から事後報告があればほっとする。

（よかった）

【これからミラノに発《た》ちます。本当にいろいろとごめんなさい。そしてありがとう。最後に、これだけは伝えたくてメールしました】

おそらくルシアナは、ホテルで彼女と自分と鏑木のあいだで交わされたやりとりが、ガブリエルに伝わっていないことを知らせるために、わざわざメールしてくれたのだろう。

【あなたへのメールはこれが最後になります。メールアドレスも消去するけれど、あなたとヴィクトールの幸せを遠くから祈っています。どうか体には充分に気をつけて。エストラニオのために、シウヴァの当主としての務めを果たしてください。あなたとヴィクトール、シウヴァの皆様に神様のご加護がありますように――ルシアナ】

メールを読み終えた蓮は、小さく「ありがとう」とつぶやいた。

返信はせずに、携帯をオフにする。

彼女の人生から、今日このメールを送った瞬間に、ガブリエルと自分の存在は消去された。

（それでいい）

もう二度と会うことはなくても、初めての異性の友達との思い出は心に残る。

彼女の美しいソプラノと共に、自分のなかで永遠に生き続ける……。

（さようなら……ルシアナ。元気で）

友人の今後の幸せと活躍を願い、携帯をぎゅっと握り締めた時だった。

コンコンコンとノックが響き、エルバが「グルウウ」と唸った。さっきより不機嫌そうな声だ。ノックの主が誰だかわかっているのだろう。

「お迎えが来たようです」

ブラシをかけ終わったジャケットをハンガーに戻し、ロペスが主室へ向かった。ややあってガチャッとドアが開く音が響き、「おはよう、ロペス」という声が聞こえる。

「ガブリエル様、おはようございます」

このところ平日の朝の定番となった会話。

以前は、ロペスの挨拶の相手は鏑木だった。

――ヴィクトール様、おはようございます。

――おはよう、ロペス。

そんなに前のことではないのに、なんだか遠い昔の出来事のような気がしてしまう……。

やるせなさを持て余した蓮は、ふるっと頭を振ってから、きゅっとネクタイのノットを締めた。戻って来たロペスにスーツのジャケットを着せかけてもらい、立ち鏡の前で全身を確認する。

本日のスケジュールは、午前中に会議が一件と視察が一件、パワーランチを挟んで、午後は会合。ラストに、亡き祖父の古くからの知人のお見舞いの予定が入っている。そのため、スタイリストが用意してくれたセットのなかから、オーソドックスなフォルムの濃紺のスーツを選んだ。

「エルバ、じゃあ行ってくる」

「グォルルル」

エルバに声をかけてから、ロペスと一緒に主室に移動する。エルバを寝室に残してドアを閉めたのは、迎えに来た男が〝弟〟を苦手としているからだ。エルバのほうも男を嫌っていて、顔を見れば唸り声をあげ、牙を剝く。

「おはよう、レン」

長い脚を優雅に組んだ男が、ソファから声をかけてきた。

ソフィスティケートされた物腰とノーブルな美貌。均整の取れた長身をシルバーグレイの三つ揃いのスーツに包み、胸には白いリネンのチーフを挿している。

「……おはよう」

その邪悪な本性を知ってなお、銀の髪とサファイアの瞳という煌《きら》びやかな組み合わせに、思わず目が吸い寄せられる。なにも知らない若い女性なら、一瞬で骨抜きにされてしまうだろう。

ルシアナが男との初対面を、「大天使ガブリエルが地上に舞い降りたかと思った」と表現していたが、その比喩があながち大袈裟《おおげさ》ではないのが、この男の恐ろしいところだ。

ガブリエル・リベイロ。

これが本名なのかどうかはわからない。表向き、複数の会社を経営する実業家ということになっているが、裏の稼業を営んでいる疑いがある。マフィアと関わりがあるのではないかと、鏑木は言っていた。

正体はさておき、現在は、蓮の叔父にあたる亡きニコラスの妻・ソフィアの婚約者として、『パラチオデ　シウヴァ』の別館に住んでいる。ソフィアの娘で蓮の従妹《いとこ》アナ・クララと三人暮らしだ。ソフィアとの婚姻が成立した暁《あかつき》には、アナはガブリエルの義理の娘になる。

現在のガブリエルは、ソフィアの婚約者という肩書きともう一つ、シウヴァに於いて重要な役割を担《にな》っている。

鏑木が側近を辞めたあと、側近代理として、蓮の業務のサポートに当たっているのだ。そもそも、鏑木がシウヴァを離れるに至った元凶は、ほかならぬガブリエルの脅迫にあったのだが、そんなことはおくびにも出さず、しれっと側近代理を務めている。

ホテル・エズメラウダの一件ののちも、蓮に対する態度は変わらず、悪びれた様子を見せることもない。察しのいい男のことだ。ルシアナがこちら側に寝返ったことに気がついているはず。しかし、ガブリエルの言動からは、動揺は微塵《みじん》も見受けられない。

ルシアナの件で、蓮は散々振り回された。ガブリエルの手のひらで転がされているとはゆめゆめ考えもせず、ルシアナを傷つけてしまったと思ってすごく悩んだし、そのせいで鏑木とも大喧嘩《おおげんか》をした。危うく、祖父の形見の指輪をイミテーションとすり替えられて、ブルシャの文献を危険に晒《さら》す寸前だった。

なのに、謀略を仕組んだ張本人は、何事もなかったかのごとく平然としている。

そんな相手に苛立つなと言われても無理があろうというものだ。

蓮の波立つ心の内を知ってか知らずか、ソファから立ち上がったガブリエルが、ゆっくりと近づいてきた。一歩手前で足を止め、青い瞳でしばらく蓮の顔をじっと見つめていたかと思うと、艶《つや》やかに微笑む。

「今朝も素敵だ」

微笑みを象《かたど》った唇で囁《ささや》き、首許に手を伸ばしてきた。蓮の肩がぴくっと揺れる。

「きみはなんでも似合うが、とりわけこの深いエメラルドグリーンのネクタイはきみの瞳によく映《は》える。黒い瞳の奥にひそんでいる、シウヴァの碧《みどり》を引き出す」

目の奥を覗き込むような眼差しから、蓮はすっと視線を逸らした。

本音では、なれなれしく触るな！　と怒鳴りつけてやりたいところだったが、ぐっと抑え込んだ。つとめて自然にガブリエルに背を向け、ふと思い出したような声で「そうだ」とつぶやく。

「さっきルシアナからメールが来たよ」

鎌をかけて、ちらっと横目で様子を窺《うかが》った。ガブリエルが「おや」と肩をすくめる。

「私はここ最近、彼女と連絡を取り合っていなかったんだ。なんだって？」

それとなく、ついでを装って訊《き》いてくる男に、蓮は少し迷ってから、「今朝、ミラノに発った」と告げた。

国外に出たと知れば、ガブリエルはルシアナと接触を図るのを諦めるだろう。蓮としては、ルシアナはもうおまえの手の届かない場所に行ったのだと、釘を刺しておきたかった。これ以上は連絡を取ろうとしても無駄なのだ、と。

「そうなのか。それはずいぶんと急なことだったね」

とりたてて興味がなさそうな口ぶりで、ガブリエルが相槌《あいづち》を打つ。

蓮はくるりと身を返し、男に向き直った。

「知らなかったのか？　友達なのに？」

「さっきも言ったように、このところメールのやりとりをしていなかった」

「……ふーん」

蓮の疑いの視線にも、ガブリエルは毛ほども動じない。

「彼女もミラノ行きでバタバタしていたんじゃないかな。向こうでの生活が落ち着いたら、また連絡をくれると思うよ」

あくまでシラを切り通し、そんなふうに躱《かわ》してから、腕時計に目をやった。

「そろそろ時間だ。行こう」

「いってらっしゃいませ」

ロペスが一礼して、二人を送り出す。

並んで廊下を歩きながら、蓮は目の端でガブリエルを見た。クールな鉄面皮を一瞥《いちべつ》して、すぐに視線を正面に戻す。

ルシアナの名前を出しても狼狽《うろた》えなかったし、いまも完璧なポーカーフェイスで、心の内側をこちらに覚らせない。

そんなガブリエルが以前に一度だけ、感情的になって蓮を激しく責めたことがあった。

――シウヴァ帝国の領袖《りょうしゅう》という立場でありながら、子供のように青臭い正義感を振りかざし、あやふやな〝愛〟を大義名分に、自分の意思を貫き通そうとする。こう……子供だ。甘やかされた子供。ヴィクトールに甘やかされ、きみは大人にならないまま成人してしまった。

――きみは無知で、残酷な子供だ。

――なにも知らないから強気でいられる。

――傲慢《ごうまん》で無邪気なきみのせいで、みんなが不幸になる。自分が信じる真実の愛のために、駆け落ちしたイネスと同じだ。きみは母親にそっくりだ……レン！

だが、生々しい感情を爆発させたのは、あの時だけ。一度きりの例外を除き、あとはいつだって余裕《よゆう》綽々《しゃくしゃく》と自分をいなしている。

蓮には、ガブリエルがなにを考えているのか、さっぱりわからない。

実に食えない男だ。

さっきはついイラッとしてルシアナの名前を出してしまったが、鏑木には「やつを刺激するな」と言い含められている。

祖父の部屋に仕掛けた定点カメラの動画を見たガブリエルは、側近を辞して国外に出たはずの鏑木が、夜の闇に紛れて蓮のもとに通ってきていることを知った。

蓮と鏑木が接触している――ということはすなわち、ガブリエルの裏の顔を蓮が知っているということ。

ガブリエルは、自分の正体がばれていると認識している。その上で、以前と変わらない態度で蓮に接しているのだ。

（一体なにを考えているのか……）

これまでに、ガブリエルがシウヴァに仕掛けた数々の罠。

蓮とのキスシーンを隠し撮りした写真をネタに鏑木を脅迫し、側近を辞めるよう仕向けた。

蓮と鏑木がブルシャを探しにジャングルを訪れているあいだに祖父の部屋を荒らし、密かに定点カメラを設置した（その結果、地下室とブルシャの文献の存在を知られてしまった）。

ルシアナを使って蓮をホテルにおびき寄せ、指輪をすり替えようとした。

それだけじゃない。本当にソフィアを愛しているかどうかだって怪しい。現実に、ソフィアという婚約者がありながら、陰でルシアナと関係を持っていた。

もしかしたら、アナの誘拐事件だってガブリエルが筋書きを作った可能性がある。

ちょっと考えただけでも、次々と疑惑が浮かび上がってくる。

まさしく疑惑のオンパレードのような男。

自分に疑いがかかっているとわかっているのに、なに食わぬ顔で傍《かたわ》らに立つ。面の皮が厚いとは、まさにこのことだ。

ガブリエルはどうやら、ソフィアの婚約者および側近代理というポジションから降りる気がないらしいので、蓮も表面上は、以前と変わらぬ体《てい》を装わなければならない。

厄介な敵を終始警戒しつつ、これまでどおりの日常をキープする。

鏑木と相談の上でそう決めた。敵の出方を見るためだ。

蓮も納得して決めたことだが、実行するのは容易ではない。なにしろ業務中はずっと一緒だし、業務時間外も同じ敷地内に暮らしているのだ。そんな状況下で、ガブリエルの言動に常時神経を尖《とが》らせ、意識を張り巡らさなければならないのだから、フラストレーションがかなり溜まる。

けれど、引き受けた以上、泣き言は言えない。

これはガブリエルとの闘いなのだ。

ジャングルの奥深くに人知れず生息する幻の植物ブルシャ。その効能を悪用しようとする者たちの魔手からブルシャを護《まも》るのは、シウヴァの当主としての使命だ。

——俺がやつの正体を突き止めるまでは、ヘタに動くな。

鏑木の念押しの言葉を耳に還《かえ》した蓮は、隣を歩く男に気がつかれないように、エメラルドの指輪にそっと触れた。


その夜、館内が寝静まった深夜一時過ぎ。

蓮は落ち着かない心持ちで、主室内を行ったり来たりしていた。行きつ戻りつする蓮の後ろを、エルバがゆったりとついて歩く。

「……遅い」

思わず、ため息混じりのぼやきが落ちた。

午前中の業務の合間を縫って、蓮は鏑木にメールをした。内容はルシアナから届いたメールについてだ。

ルシアナが今朝ミラノに旅立ったこと。

このメールを最後に、自分のメールアドレスを消去すると書いてあったこと。

そして、なにより重大なポイント——ルシアナはホテルの一件ののち、ガブリエルと連絡を取り合っていないこと。

以上をメールにしたためて送ると、ほどなくレスポンスがあった。

【今夜、十二時頃に行く】

相変わらず素っ気なくて短い文面だが、蓮にはそれで充分だった。

(今夜、鏑木が来る!)

それだけで、どんな豪華なプレゼントをもらった時より心が弾み、幸せな気分になる。離れている分、電話やメールでコミュニケーションを密にしているが、実際に会うのとはやっぱりぜんぜん違う。

業務のあとにご褒美《ほうび》が待っているせいか、普段はやや気が重い、自分の親世代の会社経営者たちとのパワーランチもニュートラルにやり過ごすことができ、午後の会合もいつもより積極的なアプローチで参加することができた。

とはいえ、あまりあからさまにうきうきそわそわすると、ガブリエルに疑われてしまうので、なるべく顔や態度に出さないように気をつける。感情が表に漏れ出てしまうのが、ウィークポイントであるという自覚はあった。

本来シウヴァのトップには、どんな時でも私情に流されず、平常心を保つことが求められている。

だがそれは、未熟な自分にとって高いハードルだ。

以前は、自分の弱点を知り尽くしている鏑木が、要所要所でフォローしてくれていた。だけどいま、その鏑木は側にいない。

だとしたら一日も早く、精神的に成長しなければならない。

ガブリエルに心の動きを易々と見抜かれているようでは駄目だ。

メンタルを鍛えて、自分で自分をコントロールできるようにならなくては。

傍らの側近代理に覚られぬよう、胸のなかでこっそり活を入れる。

三時頃から夕方にかけては、時計の針の動きをやけに遅く感じたが、早く夜になって欲しいと逸《はや》る心がそう思わせたのかもしれない。

最後のタスクであった祖父の知人のお見舞いもつつがなく完了し、やっと一日のノルマが終わった。

『パラチオ　デ　シウヴァ』に帰館して、車寄せで一同解散となる。車中で翌日の打ち合わせは済ませていたので、ガブリエルはそのまま別館に戻り、蓮は一人で自室に向かった。この時間はもう、高齢のロペスは下がらせてある。部屋で待っているのはエルバだけだ。

「グォルルル」

迎えに出てきたエルバに「ただいま」と挨拶をして、黒い首筋に抱きつく。

「エルバ！　鏑木が今夜来るって！」

滑らかな毛並みに頬をスリスリと擦りつけ、弾む声で知らせると「グルゥ」と返事がきた。エルバは人間の言葉は理解できないが、蓮の声のトーンで感情を読み取ることができる。蓮がうれしい時は一緒に喜んでくれるし、悲しい時は寄り添って慰めてくれる。

今夜はご機嫌だと察したようだ。

よかったなと言わんばかりに、蓮の顔をべろりと舐《な》めた。

「ふふ……くすぐったいよ」

首を縮め、エルバの丸い頭を手のひらでぐりぐりと撫でる。エルバが蓮の手首を甘噛みしてきた。それに抗いつつ、ぴくぴく動く耳を引っ張る。エルバがゴロゴロと喉を鳴らし、ごろんと仰向けになった。前肢と後肢の足裏に、灰色の肉球が見える。柔らかそうな肉球をつんつんとつつく蓮の動きを追い、前肢が手にじゃれついてきた。まるで大きな黒猫だ。

一日じゅう室内に閉じ込められているエルバのストレス発散も兼ね、ひとしきり遊んでやってから、「そろそろ着替えないと」とつぶやいて立ち上がる。

「グルゥウウ」

満足したらしく、エルバは毛繕いを始めた。

蓮も着替える前にエルバとじゃれあってしまったせいで、ジャケットが毛だらけだ。クローゼットに仕舞う前にブラシをかけなければ。

ロペスの仕事を奪わない程度に——という前提のもとだが、身の回りのことはできるだけ自分でするようにしている。

鏑木に連れられてジャングルから首都ハヴィーナに移り、この『パラチオ　デ　シウヴァ』で暮らすようになって、八年以上の歳月が過ぎた。あと一年と数ヶ月で、ジャングルで過ごした時間と都会で過ごした時間が同じ長さになる。

優秀なスタッフ、快適な居住空間、栄養管理が行き届いた食事、世界有数の高級品で彩られた、なに不自由のない生活。

みずから動かずとも、スタッフに一言命じさえすれば、なんでもやってもらえる。その気になれば、指一本動かさずに一日を過ごすことだって可能だろう。

だけど、いや、だからこそ、この生活が当たり前になってしまうのには抵抗がある。

庶民とかけ離れた日常に慣れ、人に傅《かしず》かれて当然だと思ってしまってはいけない。

電気が通っていて、携帯でほとんどの用が足せ、蛇口を捻れば適温のお湯が出る生活が当たり前だと受け止めてはいけない。

十歳でここに来た時、あまりに広い部屋に馴染《なじ》めずに、風の音を聞きながらバルコニーで眠った。服や靴が窮屈でならなかった。マナーや作法も堅苦しく感じた。

ジャングルにいた頃は、電気もなく生活は貧しかったけれど、自由があった。

緑の揺《ゆ》り籠《かご》でエルバと兄弟のように育ち、動物たちと語らい、木の実を食べ、川で水浴びをし、空気のにおいで明日の天気を予知した。

あの頃の自分は、大自然の大きな営みの一部だった。

時には自然の雄大さを前にして、自分の矮小《わいしょう》さ、人間の無力さを痛感することもあった。

このままいけば、いつかは都会での生活のほうが長くなるのかもしれないけれど、自然の一部であった──あの頃の感覚はずっと失わずにいたい。

そこに、自分がジャングルで生まれ育った意味があるような気がするから……。

ふっと息を吐き、しゅっとネクタイを解《ほど》く。続けてシャツを取り去り、トラウザーズを脱いだ。下着一枚でパウダールームに向かい、脱衣スペースで裸になってシャワーを浴びる。

いつもより念入りに体の隅々まで洗っている途中で、そんな自分に気がついて、ふと手が止まった。

（……別に期待しているわけじゃ……）

自分で自分に言い訳してみたものの、鏑木からのメールを見た瞬間に、体の奥に小さな火が点ったのは否定しようのない事実だった。その小さな火は、いまも熾火《おきび》のごとく下腹部でくすぶり続けている。

鏑木と会ったのは、ホテル・エズメラウダが最後。

ナオミからの告白を断ったと告げられて驚く自分を、鏑木は「馬鹿」と甘い声で叱った。

――確かにナオミは美人で有能で勇敢だが、そんな彼女の何十倍……いや、何百倍も、おまえは俺にとって魅力がある。おまえの魅力は他の誰とも比べようがない。

滅多にもらえない直球な褒《ほ》め言葉《ことば》を、この一週間で何回反芻《はんすう》しただろう。リピートしすぎて、すっかり暗記してしまった。

それくらい、自分を選んでもらえたことがうれしかったのだ。

クレバーで強くて美しいナオミに、自分はまったく歯が立たない、勝ち目はないと思っていたから、余計にうれしかった。

いっこうに冷めやらぬ歓喜に首まで浸かり、身を蕩《とろ》かして、鏑木と繋がった。これまでで一番、多幸感に溢れたセックス。

貪って。貪られて。溺れて――。

苦しいくらいに甘くて、痺れるほど気持ちよくて、溶けそうに熱くて……。

あれほどまでに、心と体が満ち足りたセックスは経験したことがなかった。

一週間前のセックスを思い出したら、なおのこと体が熱を帯びてくる。お湯の温度を下げ、少し冷たいくらいのシャワーで火照りを鎮めてから、パウダールームに戻った。

濡れた体をタオルで拭《ふ》き、シルクの寝間着を身に纏《まと》った――のが、かれこれ二時間ほど前のことだ。

約束の十二時を、もう一時間も過ぎている。

日付が変わったあたりから、蓮は立ったり座ったりを数分おきに繰り返し始めた。鏑木と約束している夜の通過儀礼のようなもので、背中から尾骶骨《びていこつ》にかけて、虫が這っているみたいにむずむずして、ひとところにじっとしていられないのだ。

十二時半を過ぎると、もはやソファにも座っていられず、落ち着きなく主室内を行ったり来たりし始めた。その後ろを、エルバがついて歩く。一人と一頭で何往復もしながら、手に持った携帯をたびたびチェックした。まず時間を見て、次にメール着信がないかを確かめ、「ふー」とため息を吐くまでがワンセット。もうこれで何度目か。

「……遅い」

このつぶやきも二度目だ。

だって、さすがに遅すぎる。

なにかアクシデントが起こって、急に来られなくなったとか？

もしそうだったとして——無論キャンセルは寂しいけれど、それより鏑木の身が心配だ。

シウヴァを辞したあと、鏑木は下町地区《ダウンタウン》に拠点を移し、水面下でガブリエルに関する情報や彼の犯罪に関わる証拠を収集している。

鏑木がエストラニオ国内に留まっていることは、すでにガブリエルに知られてしまっているが、公には世界各国を外遊中ということになっている。そのほうが自由に動けるためだ。

時として、ダウンタウンやスラムに詳しいジン、親衛隊時代の部下であるミゲルやエンゾ、警察官のナオミの協力を仰いでいるが、基本は目立たないように単身で動いている。

元軍人の鏑木は、マーシャルアーツ全般を身につけているし、実際にとても強い。鏑木に護身術の手ほどきを受けた自分は、誰よりも彼の強さをわかっている。それでも時々、恋人が危ない橋を渡っているのではないかと不安になる。

鏑木が側近として常に側にいた頃は、この手の不安感とは無縁だった。以前は感じたことのない憂慮を抱くようになったのは、物理的な距離ができてからだ。

（電話してみようか。……いや、その前にメールか）

鏑木が現在どういった状況にいるのかがわからないので、もし着信音がトラブルに繋がったらと思うと、なかなか踏ん切りがつかない。

携帯を左手に持ち替え、鏑木のメールアドレスを開いた。本文を打つかどうかを迷っていた右手の指先が、コンコンコンという控えめなノックにびくっと震える。

（来た！）

あわてて携帯を寝間着の胸ポケットにしまい、ドアまで駆け寄った。エルバもタタッとついてくる。

「蓮、俺だ」

押し殺した低音を確認して解錠した。ドアノブが回り、薄く開いた隙間から、黒ずくめの長身が滑り込んでくる。

「鏑木！」

待ち焦がれていた恋人に、蓮は抱きついた。鏑木も蓮をぎゅっと抱き締め返してくる。嗅《か》ぎ慣《な》れたフレグランスのラストノートに包まれ、規則正しい鼓動を感じ取って、ほっと息を吐いた。逞《たくま》しい胸にしばらく額を押しつけてから顔を上げる。精悍《せいかん》な面立ちが視界に映り込んだ。

神秘的な黒髪。秀でた額。くっきりと濃い眉。高くてまっすぐな鼻梁《びりょう》。肉感的な唇。

なにより、大好きな灰褐色の瞳。意志の強さを宿しつつ、同時に澄み渡ったその瞳に、自分の顔が映り込んでいた。

彼の瞳に映る自分を見ると、なぜかとても安心する。

「……もう来ないかと思った」

安堵の反動で、恨み言がぽろっと零れた。すると鏑木が申し訳なさそうに「遅くなってすまなかった」と謝る。

「ここに来る途中の道路で玉突き事故があったんだ。警察の事情聴取で足止めを食らってしまってな」

「事故?」

不穏な単語を耳にした瞬間、心臓がドクッと跳ねた。

「け、怪我《けが》は?」

一歩退いて恋人の全身を確かめたが、外見から異変は見つからない。

「トラックが横転して後続の車が二台大破したが、運よく俺は巻き込まれなかった」

問題がないことをアピールするためか、鏑木が両手を広げた。

がっしりと広い肩、筋肉で盛り上がった胸、引き締まったウエスト、長い脚——非の打ちどころのないプロポーションを、蓮は視線でじっくりとスキャンする。

「ほら、なんともないだろう?」

どこも問題がないとわかっても、まだ顔は強ばったままだ。

大破という不穏な単語が、脳内をぐるぐる駆け巡る。叔父のニコラスも乗っていた車が崖から転落して、大破、炎上して亡くなった。その遺体は検視官が確認できないほどに燃え尽き、炭化していたという。

いくら鏑木が強くたって、交通事故に巻き込まれたらどうしようもない……。

新たな不安の種を心臓に植えつけられ、青ざめる蓮の頭に手を置き、鏑木がやさしく揺すった。

「蓮、俺は大丈夫だ」

頭に手を乗せた状態で、顔を覗き込んでくる。蓮の目を見つめて力強く誓った。

「なにがあっても、必ずおまえのところに戻ってくる」

「本当?」

「ああ、これまでだってそうだっただろう?」

逆に問われて考える。確かにそうだ。

記憶障害になった時も、ガブリエルの謀略でシウヴァを離れた時も、最後は必ず自分のところに帰ってきた。

ようやくこくりと首を縦に振った蓮に、ヨシというふうにうなずいて、顔を近づけてくる。額に唇で触れた鏑木が、頭から手を離した。

「それより、おまえのほうはどうだ?」

「電話でも話してあったとおり、この一週間、特にこれといったトラブルはなかった。——あ、ソファで待っていて。いま水を持っていくから」

ソファに向かう鏑木の後ろをエルバがうれしそうについていくのを見届けてから、ミニバーに歩み寄る。アイスボックスのドアを開き、ミネラルウォーターのペットボトルを二本取り出した。ペットボトルを摑んだ手が、まだわずかに震えているのに気がつき、意識的にふーっと息を吐く。

いきなりショッキングな情報を伝えられて、鏑木に会えた歓喜が吹っ飛んでしまった。

でも鏑木は「必ずおまえのところに戻ってくる」と誓ってくれた。その言葉を信じよう。

（信じるしかない）

深呼吸をして気持ちを切り替えると、両手にペットボトルを持ってソファに向かった。ソファでは鏑木が、膝に前肢を乗せたエルバの背中を撫でてやっている。感情のバロメーターであるエルバの長い尻尾が、パタパタと勢いよく上下していた。

「はい、水」

「ありがとう」

ペットボトルを受け取った鏑木が、キャップを捻り、水を喉に流し込む。蓮もその隣に腰掛け、水を飲んだ。冷たい水流が食道を滑り落ち、体が冷えて、少し気持ちが落ち着く。鏑木に構われて満足したらしいエルバは、ソファから移動して床に横たわった。

「ガブリエルの様子はどうだ？」

水が半分ほどに減ったペットボトルを片手に、鏑木が尋ねてくる。

「変わりない。逆に、あまりにも平然としていて不気味な感じ」

「……そうか」

「ルシアナからのメールで、ガブリエルと連絡を取っていないことがわかったから、ちょっと鎌をかけてみたんだけど」

「蓮……」

瞠目《どうもく》した鏑木が、その目をじわじわと細め、険しい顔つきで問《と》い質《ただ》してくる。

「あいつになにを言ったんだ？」

「ルシアナからメールが来て、今朝ミラノに発ったって」

「なんでそんなことを……」

絶句するようにいったん言葉を切ってから、押し殺した低音で、「ヘタに刺激するなとあれほど言っただろう」と続ける。

「それはわかってるよ」

蓮はすかさず言い返す。

「でも、ミラノに発ったとわかれば、ルシアナを深追いすることはないだろう？　もうこれ以上、彼女を巻き込みたくないんだ。ルシアナにはガブリエルの幻影に惑わされることなく、ミラノで心機一転、新しい人生を歩んで欲しい」

しばらくのあいだ、眉根を寄せて思案していた鏑木が、やがて「それは確かに一理あるな」と認めた。

（やった！）

めずらしく自分の言い分が通ったので、うれしくなる。表情を緩めかけたら、それを戒めるように「ただし」と厳しい声が飛んできた。

「今回は特別だ。以降は絶対にやつを煽《あお》るような真似はするな。いいな？」

怖い顔で念押しをされ、「わかった」と素直にうなずく。さっきのエクスキューズも本心だけど、ガブリエルにイラッとして、つい感情的になってしまったのも否めない事実だったからだ。

自分もそうだが、鏑木もまた、ガブリエルが関わる案件となると、少々過敏なくらいにぴりぴりする。それだけ、あの男を手強い敵だと認めている証《あかし》なのだろう。

「……それで、あいつはなんだって？」

話の続きを促され、神妙な面持ちで説明した。

「ここ最近、連絡を取り合っていなかったから、ミラノ行きを知らなかったってシラを切られた。ルシアナの名前を出しても、まったく動じずにしれっとしていた」

「だろうな。その程度の引っかけでボロを出すやつじゃない」

苦々しげにつぶやいた鏑木が、さらにペットボトルの水を口に含む。きゅっとキャップを捻り、ローテーブルにボトルを置いた。

「だが、はからずも、おまえがルシアナの名前を口にしたことで、『彼女から話を聞いておまえの正体はわかっているぞ』と牽制《けんせい》する結果となった。やつもホテル以降の状況から仮説は立てていただろうが、今日のおまえとの会話で確信を得たはずだ。これを受けて今後どう出てくるか……」

空を睨《にら》みつけてひとりごちる鏑木に、蓮は黙って身を寄せる。固く盛り上がった肩口に顔を近づけ、唇をそっと押しつけた。不意を衝《つ》かれたように鏑木が体を揺らす。

「蓮？」

「……ガブリエルのことは、今夜はもう忘れよう」

そう語りかけて、視線を上げた。怪訝《けげん》な面持ちでこちらを見ている鏑木と目が合う。

「俺も鏑木も……気がつけば、あいつのことを考えている。なんだかあいつに囚われているみたいだ。仕方ないことだけど、いまはせっかく二人きりなんだから」

蓮の脳内の半分は、常に鏑木の存在に占拠されているし、この一週間は暇さえあれば前回の甘い夜を反芻していた。けれどたぶん、鏑木はそうじゃない。

ほかにもたくさん考えなければならないことがあるし、自分の存在を忘れて、なにかに没頭している時間も多いに違いない。

鏑木と自分の想いの量が同じだなんて思っていない。

気持ちが通じ合ったからといって、そこまで思い上がってはいない。

でも、一週間ぶりに二人きりになれた——この瞬間は、自分のことだけを考えて欲しい。

貴重な逢瀬の時間を、いまここに存在しない男に邪魔されたくなかった。

「時間がもったいないよ。ただでさえ今夜は始まりが遅かったし」

鏑木が切なげに双眸《そうぼう》を細める。

「……すまない」

「そうじゃない。責めているわけじゃないんだ。そうじゃなくて……」

もどかしい気分に背中を押され、蓮は伸び上がった。

鏑木の唇に唇を押しつけ、ちゅっ、ちゅっと吸う。ちゅくっと音を立てて上唇を啄み、舌先で隙間をぺろぺろと舐め、下唇を甘噛みした。喉仏を指でさすり、顎《あご》の無精髭《ぶしょうひげ》をざらっと舐め上げてから、名残惜《なごりお》しげに離れる。

「一週間……ずっと鏑木が欲しかったから」

濡れた声で囁き、恋人をじっと見つめた。

「鏑木は？　俺が欲しくない？」

視線の先の精悍な貌《かお》が、ふっと笑う。かと思うと、蓮の手を摑んで、みずからの股間に引き寄せた。

「……っ」

手のひらが触れた〝熱〟に、蓮は息を呑む。

そこは、布の上からでもわかるほどに猛々しく、昂《たかぶ》っていた。

「いまのキスでもう……こんなだ」

掠《かす》れたセクシュアルな低音に、下腹部がじわっと疼《うず》く。

蓮の手を持ち上げた鏑木が、手首の内側にキスをした。くちづけたまま、熱く昏《くら》い眼差しで見つめてくる。

「蓮……俺もずっと欲しかった」

灰褐色の瞳の奥に、匂い立つような欲情の炎を認め、自然と瞳が潤んだ。

「鏑木……っ」

湧き上がる歓喜のまま、大好きな男に抱きつく。

「うれしい。欲しがってくれてうれし……んんっ」

覆い被さってきた唇に言葉を吸い取られた。せっかちな恋人の舌が、唇の隙間をまさぐってくる。一刻も早く、なかに入りたいと舌先がノックする。

口を開いたとたん、鏑木が押し入ってきた。

「……んっ……ぅん」

朝までの限られた時間を一秒も無駄にしたくなくて、蓮は口腔内《こうこうない》ですぐさま暴れ始めた分厚い舌に、みずからも積極的に舌を絡めていった。

II

「よう、待ったか？」

待ち合わせに遅刻してきた男は、悪びれるでもなく片手を挙げた。

すらりと長い手足が特徴的な痩身を、今日はボーダーのカットソーとデニムに包んでいる。切り揃えた前髪が際立たせる、眦《まなじり》が鋭利に切れ込んだ双眸《そうぼう》は、彼が東洋系であることを表していた。

左耳のシルバーのピアスがトレードマークの男の名はジン。蓮《れん》の親友で、『パラチオ　デ　シウヴァ』の住人でもある。これといった定職に就《つ》かず、自由奔放に毎日ふらふらしているが、なかなかに優秀な〝情報屋〟の一面を持つ。

「十五分ばかりな」

新市街《ユニセントロ》の交差点の一角を占める古びたビル——その落書きだらけの壁に背中を預けた鏑木《かぶらぎ》が言い返すと、ジンは口先だけで「悪《わり》ぃ」と謝った。

「昨日呑み過ぎてさ。ちょいと寝坊した」

あっけらかんと遅刻の理由を告げられ、鏑木はライダースジャケットの肩を軽くすくめる。三日前には蓮を一時間待たせてしまった自分が、今日は待たされる番だったようだ。

呑み過ぎで寝坊という遅刻理由に気分を害さなかったのは、あながち自分が無関係ではないという事情もある。

ジンが昨夜呑んでいたのは、おそらく下町地区《ダウンタウン》のボチキンかスラムのボテッコだ。共に大衆酒場だが、情報のホットステーションでもある。普段は固く口を閉ざしている裏社会の住民たちも、カシャッサを三杯も呷《あお》れば気分が高揚し、クラフトビールを数本奢《おご》ればすっかり舌が滑らかになる。南米の人間はもともとの性質が、陽気でおしゃべりなのだ。

ジンはふらりと立ち寄ったそれらの酒場で、酔客のなかにすっと溶け込み、大手マスメディアはおろかインターネットにすら流れないようなレアな情報《ネタ》を仕入れてくる。

自分にはできない芸当だ。自分の場合、こちらは極力気配を消しているつもりでも、どうやら悪目立ちしてしまうらしい。

——スラムに溶け込もうなんて無理無理。だってあんた、なんだかんだいって上流階級出身だし、そういうのって、隠そうとしても無意識に滲《にじ》み出《で》ちゃうんだよ。ちょっとした仕種とかアクセントとか、言葉遣いとかにさ。

そう言って鼻で笑ったジンはスラム出身で、やはりスラムの住人である相手に警戒心を抱かせない話術に長《た》けている。テーブルを囲んで一時間も呑み食いすれば、相手と意気投合し、お互いを「アミーゴ」と呼び合うまでに打ち解けるらしい。相手はジンをすっかり仲間だと信じて胸襟を開くのだ。

以前、参考にしようと、どんな話をするのか尋ねたことがある。

——音楽とサッカーの話題を振っておけば間違いない。音楽なら、「サンバ」か「ボサノヴァ」か「セルタネージョ」、「フォホー」、「サンバヘギ」、「ファンキ」、「ショーロ」あたりを押さえておけば完璧。サッカー談議は慎重に、相手がどこのチームのサポーターなのかを探り出す。うっかりライバルチームを褒《ほ》めた日には、大変なことになるからな。

　情報屋を自認するにも、人知れず努力が必要だということだ。事実、ジンはまともな教育を受けていないはずだが、その豊富な知識には舌を巻くことがある。これは世代的なものなのかもしれないが、紙の書物ではなく、インターネットを活用して知見を得ているようだ。そもそも、生まれつき知能が高いのだろう。記憶力には自信があると自分でも言っていた。

　頭の回転の速さと、立ち回りの巧《うま》さを武器に、一人で過酷なスラムを生き抜いてきたジンは、現在はシウヴァの屋敷に部屋を持ち、なに不自由ない暮らしをしている。恵まれた環境下に身を置いて、出会った頃の、飢えたワイルドキャットのようなイメージはだいぶ薄れた。だが、そういった変化は外面的なものだけで、本質は変わっていないと感じる。

　それは、シウヴァの当主となったいまでも蓮の原点がジャングルにあり、野生児だった時代とコアとなる気質が変わっていないのと同じだ。

「ジン、今度は確かなんだろうな？」

　鏑木の確認に、ジンが慎重な口ぶりで「たぶんね」と答える。

　これまでも、ジンがもたらした情報や鏑木自身が摑んだ消息を元に、ガブリエルに繫がる人間を訪ね歩いてきた。しかし、いざ辿り着いてみると、尋ね人がすでに故人だったり、行方知れずになっていたり、実際はガブリエルと繫がりがなかったりで、これといった成果は得られなかった。

　まるでガブリエルが先回りをして、自分の身元を知る証人を一人ずつ消していったかのようだと、空振りに終わるたびにジンと苦々しく話していたのだが……。

「でも、あんたもわかっているだろうけど、物事に絶対なんてことはない」

確かに、過度な期待は禁物だ。

逸《はや》る自分にそう言い聞かせた鏑木は、抱えていたヘルメットのうちの一つを相棒に投げる。パシッとキャッチしたジンが、「行き方、わかる？」と訊《き》いてきた。

「ああ、大丈夫だ」

ジンから送ってもらった住所を地図アプリに入力し、最短ルートを頭に叩き込んである。

「んじゃ、行こうか」

ジンがヘルメットを被るのを見て、鏑木自身も装着し、シールドを下げた。近くに停《と》めてあった大型バイクに歩み寄り、跨《また》がってエンジンを吹かす。後部座席にジンが跨がるのを待って、バイクを発進させた。

ここから目的地までは、道路事情にもよるが、おおよそ四十分といったところだろう。先方には事前に連絡を入れて、午後一時の約束を取りつけてある。かなり余裕を持って待ち合わせていたので、ジンの遅刻の十五分を加味した上でも、充分に間に合う計算だった。

信号待ちのあいだ、鏑木の脳裏に浮かんだのは、今頃レストランの個室で、秘書とガブリエルとランチを摂《と》っているであろう恋人の姿だ。

（──蓮）

ガブリエルの正体を知っていながら、そのサポートを受けなければならない蓮の心情に思いを馳せると、みぞおちのあたりが重苦しくなる。

ただでさえ重責を担《にな》い、分刻みのハードな業務をこなさなければならないのに、本来ならば味方であるはずの身内のなかに敵がいるのだ。蓮は気丈にも弱音を吐くことはないが、フラストレーションの蓄積は相当なものであるに違いない。

一刻も早く、ガブリエルの正体を暴くための物的証拠を摑み、恒常的なストレスから解放してやりたい。

蓮だけじゃない。ソフィアとアナ・クララを洗脳状態から解き放ちたい。いまのままでは、母娘はガブリエルの人質も同然だ。

それらの思いが日夜、鏑木を突き動かしている原動力だが、おそらくジンも同じようなモチベーションで動いている。

なにより、親友の蓮のため。

そして、『パラチオ　デ　シウヴァ』で共に暮らすソフィアとアナのため。

馴れ合いを好まない男であるが故に、普段はことさら態度に出すことはないが、いまやジンにとって、蓮のみならず、ソフィアとアナも大切な存在になっている。彼女たちは、スラム育ちのジンに偏見を持つことなく自然に受け入れ、身内のように接してきた。建前として、上流階級の人間は「差別はあってはならない」と口にするが、言うは易く行うは難《かた》し。そのことを、ジンはよくわかっているのだ。

かつてジンは、誘拐されたアナを救うためにスラムに敵を作った。以降、〝裏切り者〟として狙われるリスクを考慮し、生来のテリトリーから遠ざかっていたのだが、ここ最近はスラムに日参している。

蛇《じゃ》の道は蛇《へび》。もしガブリエルがマフィアと関わりがあるならば、彼の情報が手に入るのは犯罪者の巣窟《そうくつ》スラムだ。マフィアの下っ端や下部組織であるストリートギャングたちの過半数は、スラムを根城にしている。スラムを有する地域警察署の警察官の大半は、マフィアから賄賂《わいろ》をもらっており、必然的に取り締まりが甘い。それもあって、スラムは無法地帯だからだ。

無論、そう簡単には、真相に迫るような情報は得られないだろうが、どこかに必ず突破口があるはず。

そう考えたジンは、何度かハズレくじを引いても諦《あきら》めず、粘り強くスラムでの情報収集に励み——ついに、ガブリエルの変名前の名を突き止めた。

ガブリエルの本名と思われるその名前から、彼の過去を知る人物を導き出した。

ジンからの報告を受け、今度こそアタリだと直感した鏑木は、早速に当該の人物とコンタクトを取った。

結果、面会の約束を取りつけることに成功した。

便宜上、先方には、自分たちを保険会社の調査員だと伝えてある。

とある裕福な老人が亡くなり、遺言状によって、ガブリエルが高額な保険金の受け取り人に指定された。

形式的なものではあるが、彼の素性を確認するために話を聞きたい。

完全なるフィクションだが、この際、嘘も方便だ。

案じていたような渋滞にもひっかからず、スムーズに目的地に行き着くことができた。

目の前に広がるのは、ミッドタウンの郊外に位置する住宅地だ。

スラムや猥雑《わいざつ》な商業地帯を内包するダウンタウン、高層ビルが立ち並び公共機能が集約された市街地中心部《セントロ》、『パラチオ　デ　シウヴァ』や鏑木の屋敷を擁《よう》する高級住宅街《アップタウン》、それらいずれとも異なる——どことなくまったりとしてのどかな光景。

見渡す限りの視界に映るのは、ほとんどが平屋か二階建ての一軒家だった。マンションやアパートメントのような高さのある建物は見当たらない。そのせいで、全体的にのっぺりして見えるのだろう。人が少ないせいか、空気もスラムやダウンタウンより湿り気がなく、からりと乾いている。

乾いた空気を突っ切り、似たような外観の住宅が道なりに並ぶ住宅街をしばらく走った鏑木は、こぢんまりとした一軒家の前でバイクを停めた。二階建て、前庭付きの木造住宅で、新しくはないが、全体的によく手入れがされている。

ジンが後部座席から降りてヘルメットを外しているあいだに、バイクを路肩に寄せた。エンジンを止めてヘルメットを脱ぐ。ジンが投げて寄越したヘルメットと一緒に、メットインに収納した。

「この家？」

「そうだ」

ジンの問いかけにうなずき、腕時計で時間を確認する。約束の時間の二分前。いい頃合いだ。早すぎても迷惑だし、遅刻はもってのほか。できる限り、初対面の相手には好印象で対峙《たいじ》したい。

「行くぞ」

スモーキーブルーの鉄門を押し開け、色とりどりの花が咲くエントランスを進む。ジンも後ろからついてきた。木のドアの前に立ち、ノックする。ほどなくして玄関ドアがガチャリと開き、初老の混血女性が顔を覗かせた。

よかった、ちゃんと在宅していたと胸を撫で下ろす。何度か別件でスラムの住人たちと約束した際は、この段階で肩すかしを食っていたからだ。背後のジンもほっとしているのが気配でわかる。

だが、まだ油断はできない。気を引き締め直した鏑木は、「シモーネさんですか？」と確かめた。

「一時のお約束でアポイントを取らせていただいた鏑木です。こちらは部下のジン」

「ああ、保険会社の方ね。こんな郊外までわざわざ足を運んでくださってご苦労様」

品のいい、おっとりとした口調で、女性が労《ねぎら》う。どうやら猜疑心《さいぎしん》が強いタイプではないらしく、こちらの素性を疑ってはいないようだ。

「いえ、仕事ですから」

「どうぞ、お上がりください」

そう言って、女性——シモーネは鏑木とジンを室内に招き入れた。

室内も外観同様に掃除が行き届いており、家主のきちんとした性格を物語っている。インテリアはやわらかな色合いで統一され、質素ではあったが、居心地のいい空間を演出していた。

「お座りになって。いま珈琲《コーヒー》を淹《い》れてきますから」

「どうかお構いなく」

「私もちょうど食後の珈琲を飲みたいと思っていたところなの」

キッチンに立ったシモーネを見送り、鏑木は三人がけのソファとカフェテーブル、肘掛け椅子一脚が置かれた小さな居間を見回した。壁際のコンソールの上に、たくさんの写真が飾られている。亡くなったご主人とシモーネの若かりし日のツーショット。すでに巣立った子供たちとの、在《あ》りし日《ひ》の家族写真。

それらの家族写真に紛れて、一枚、異質な写真がある。一番大きなフレームに入っている横長のそれは、たくさんの子供たちが列を作って並ぶ集合写真だ。子供たちは皆、制服のような揃いの衣服に身を包んで、カメラのほうをまっすぐ向いている。

最前列の真ん中で、いまより二十歳は若いシモーネが微笑んでいた。

ドクッと鼓動が跳ねる。思わず写真立てを手に取り、写真の子供たちの顔を、一つ一つ、食い入るような眼差しでチェックした。だが、捜していた顔は見当たらない。

（……いない）

鏑木は、知《し》らず識《し》らず止めていた息を吐いた。嫌な予感が胸にじわじわと広がる。まさか、またしてもハズレか？

「お待たせしました」

声が聞こえてきて、はっと我に返った。写真立てを元に戻し、先にソファに座っていたジンの横に腰を下ろす。

三つのマグカップが載ったトレイを、シモーネがカフェテーブルに置いた。マグカップを鏑木とジンの前にそれぞれ置くと、残った一つを手に、定席らしい肘掛け椅子に腰を下ろす。

「どうぞ」

「いただきます」

表面上は平静を装い、鏑木は珈琲を飲んだ。

「美味しいです」

「よかったわ」

一息ついた頃合いを見計らい、革のジャケットの内ポケットからプリントアウトしたものを取り出す。

「早速ですが、こちらが確認していただきたい写真です」

カフェテーブルに置き、シモーネのほうに滑らせた。シャツの胸ポケットから老眼鏡を引き出してかけたシモーネが、プリントアウトしたものに手を伸ばす。しばらくレンズ越しにまじまじと眺めていたが、

「……ジョゼ」とつぶやいた。

その名前に反応して、鏑木とジンは肩を揺らす。

「まあ、これはジョゼですよ。見違えるように立派になって……けれど整った顔立ちはあの頃のまま。たくさんの子供たちの面倒を見てきましたけれど、後にも先にも、こんなに美しい子供はおりませんでした。宝石のような青い瞳と銀の髪、間違いないわ」

シモーネの断言に、鏑木は両膝を手のひらでぐっと握り締めた。胸の昂《たかぶ》りを抑えつけて、「いまはガブリエル・リベイロと名乗っています」と告げる。

「電話でそうおっしゃっていたわね。でも私にとってはジョゼですよ」

子供時代を知るシモーネの証言によって、ガブリエルが、かつてジョゼであったことが証明された。

ついに——ついに、ガブリエルの素性を知る人物に辿り着いた。

ちらっと横目で見やると、ジンもこちらを見ていて視線がぶつかる。互いに小さく首肯し合った。

「本当に懐《なつ》かしいわ……」

シモーネが目を細めて見つめているのは、現在のガブリエルの写真だ。シウヴァが雇ったプロのカメラマンが、『パラチオ　デ　シウヴァ』で開かれたパーティの様子を撮影した写真群のなかの一枚。フレームの片隅に写り込んでいたガブリエルのみをトリミングし、拡大したものだ。

確認用にガブリエルの写真を探していて驚いたのが、あれだけ目立つ男なのに、まともに顔やバストア

ップ、全身が写っているものがないことだった。写っていても、後ろ姿であったり、体の一部であったり。偶然とは思えない確率だ。無論、故意に写らないようにしていたのだろう。そうでなければ、ここまで徹底してフレームアウトするわけがない。

そういった意味では、ここにあるのは奇跡の一枚だ。拡大した分、鮮明さには欠けるが、シモーネにはそれでも充分だったようだ。

「彼との出会いは養護施設でしたね」

「ええ、そう。シウヴァの運営する養護施設です」

彼女が口にした「シウヴァ」の名前に、肩がふたたび揺れそうになるのを堪《こら》える。シモーネには、保険会社の調査員と偽っているため、彼女は鏑木とシウヴァの繋がりを知らない。ガブリエルに関わる諸事情を語れない以上は、こちらの正体を悟られるわけにはいかなかった。

「五年前に定年退職するまで、私は施設の職員をしていました」

「……そのお仕事は長かったんですか」

「かれこれ三十年は勤めたでしょうか」

シモーネの説明を聞きながら、衝撃の事実を知った際の驚きを思い起こす。

様々なツテを辿ってシモーネに行き着いたジンから、彼女とガブリエルの接点がどこにあったかを聞いた鏑木は、慄然《りつぜん》とした。

二人が出会ったのは、シウヴァが運営する養護施設。なんらかの理由で保護者を失ってしまった、もしくは育児放棄された――行き場のない子供たちに、食事と寝床、衣類を与え、教育を授けるための施設だ。

シウヴァは慈善事業全般に熱心だが、とりわけ恵まれない子供たちの救済に力を入れている。かつては百人ほどしか収容できなかった養護施設は、蓮が当主になって以降、建物を増築して二百人を受け入れている。また、以前は一カ所だった施設の数も五カ所に増設した。

鏑木も在職時、グスタヴォ翁や蓮の慰問に付き添って、幾度か施設に足を運んだことがあった（グスタヴォ翁《おう》の時代にシモーネと顔を合わせなかったのは幸運だったと言えよう）。

現在、クリスマスやイースターなどのイベントの都度、施設の子供たちを慰問してプレゼントを配る役割は、多忙な蓮に代わり、ソフィアとアナが担っている。

そのシウヴァの養護施設に、ガブリエルは少年時代の一時期、身を寄せていたという。

これを偶然で片づけていいのか。

（……いや……偶然じゃない）

明らかになったガブリエルの過去から、彼とシウヴァの繋がりの端緒が見えてきて、居ても立ってもいられない心持ちになった鏑木は、すぐにシモーネにアポイントを取り、本日こうして話を聞く機会を得たのだ。

「ガブリエル……いえ、ジョゼについて知っていることをお聞かせいただけますか？」

「ジョゼが施設にやってきたのは……ごめんなさい、正確な日付はもうわからないわ。でも、確か彼が九歳の時でした。とにかく天使のようにきれいな子供だったけれど、施設に来るまでは、スラムでストリートチルドレンをしていたという話でした」

「……ストリートチルドレン」

ジンが低い声を落とす。その声音から、複雑な感情が透けて見えたように、鏑木には感じられた。

親なし家なしのストリートチルドレンは、スラムで暮らす者のなかでも最下層に属する。成人までの生存率は低く、たとえ生き延びたとしても、行く末はギャングか麻薬の売人、売春婦がほとんどという救いのなさだ。

エストラニオ国民として、恥ずべき国の暗部であり、エストラニオが抱える闇の象徴でもある。蓮は、自身がスラムに足を踏み入れた経験と、親友のジンから伝え聞いたスラムに住む子供たちの情報をもとに、いつの日かエストラニオからストリートチルドレンを無くしたいと考えている。彼らを救うための活動の一つが、ここ最近シウヴァが力を入れている養護施設の増設だ。

「年端のいかない子供が、生きていくために盗みを働いたり、残飯を漁ったり、物乞いをしたり……痛ましいことです」

シモーネが言葉どおり、痛ましげに眉をひそめた。

「怪我《けが》や病気で、多くのストリートチルドレンが成人を待たずに命を落とすなか、ジョゼは幸運でした。シウヴァ家のご令嬢イネス様じきじきに命を救われたのですから」

「………っ」

危うく発しかけた声を、寸前でかろうじて飲み込む。

（イネス？　いまイネスと言ったのか？）

傍《かたわ》らのジンも驚きに息を止めていた。

「たまたま車でダウンタウンを通りがかった際に、悪徳警官に乱暴され、ひどい怪我を負ったジョゼを見かけたとのことでした。イネス様は意識を失ったジョゼを車で病院へ運び、手当てを受けさせたのちに、シウヴァが運営する養護施設に入所させたのです」

（ガブリエルを施設に入れたのはイネスだった？）

シモーネの証言によって判明した衝撃の事実を、噛み締めるように反芻《はんすう》する。

ガブリエルはイネスに命を救われた。

その後、シウヴァが運営する養護施設で数年を過ごした。

ガブリエルの運命を変えた――イネスとシウヴァ。

それは、彼がシウヴァに執着するのに充分な理由ではないのか。

「ジョゼは、命の恩人のイネス様を崇拝し、とてもなついていました。普段はあまり感情を表に出さない大人びた子供でしたが、月に一度のイネス様の慰問日は朝からそわそわして……イネス様がいらっしゃると青い目をキラキラと輝かせ、ぴったりとくっついて片時も離れなかったものです。イネス様もジョゼのことを殊《こと》の外《ほか》かわいがっていらして、美しい二人が寄り添う姿は、まるで実の姉と弟のようでした。見ている私たちも幸せな気分になったものです」

「…………」

遠い日を回想するかのような、郷愁を帯びたシモーネの声を耳に、イネスとガブリエルが寄り添う姿を思い浮かべる。

亜麻色の髪に碧《みどり》の瞳を持つ若く美しい女性と、銀の髪にサファイアの瞳を持つ美少年。

確かに、絵になる二人だっただろう。

「でも、幸せな時間は長く続きませんでした」

歳月のフィルターがかかっていたシモーネの声音が、不意にトーンダウンする。

「ジョゼが施設から逃げ出したのです」

「逃げ出した？」

「……当時の院長を刺して逃げました」

「刺した⁉」

鏑木とジンの声が重なった。シモーネは皺深《しわぶか》い顔を、自分が刺されたかのごとく歪め、「はい」とうなずく。

「院長を殺したんですか？」

「いいえ。死には至りませんでした。ただ深手を負って、回復することなく院長の職を辞しました」

「それで？」

「イネス様は大変なショックを受けておいででした」

ジンが肩をすくめ、「そりゃそうだろうな」と言った。

「そんなにかわいがってやったのに、恩を仇《あだ》で返すような真似されちゃあ……」

しかしシモーネは、「そうではないのです」と首を横に振る。

「ジョゼが逃げたのには理由がありました。事件を機に恐ろしい事実が明るみに出たのです。ジョゼと同室だったマルコという子供が証言しました。自分は院長に金品を与えられ、ジョゼを監視するよう命じられていた、と」

「監視？」

鏑木の訝《いぶか》しげな問いかけに、シモーネがぶるっと身震いした。

「……院長は神に仕える神父でもありました。その彼が……」

そこで言葉を切り、胸の前で急いで十字を切る。

「ジョゼに邪《よこしま》な思いを抱き……長年に亘《わた》って性的虐待を……」

「あー、なるほどね」

ジンが納得したような声を出した。

「ありがち、ありがち。敬虔《けいけん》な神父のフリして、実は変態ジジイってオチ。あの手合いは欲望を抑圧してる分、反動がなー」

鏑木が「ジン」と諌《いさ》める。

「すみません。どうぞ続きを」

「忌まわしい事実が明らかになり……イネス様は大変にご自分を責め、後悔されていました。神父を院長に推薦したのはイネス様だったからです。私たち職員も彼の二面性に気づけなかった。おそらくジョゼは神父の虐待に耐えかねて、自分の身を守るために彼を刺したのでしょう。結果的に、ジョゼを救わなければならない大人たちが、彼をそこまで追い詰めてしまった」

「……逃走後、ジョゼは？」

「警察も動いて捜索しましたが、行方はわかりませんでした。イネス様はそれでも諦めきれず、個人的に手を尽くして捜しておられました」

自身がシウヴァを出奔するまで——いや、もしかしたらジャングルに駆け落ちしたあとも、イネスはジョゼのその後を案じ続けていたのかもしれない。

「ですから今回、ジョゼが立派に成長していたと知って、本当にうれしかったのです」

ガブリエルの写真に視線を落として、シモーネが涙ぐんだ。

「イネス様が生きておられたら、どんなにか喜んだことでしょう……」

「……」

「神様……ありがとうございます」

もう一度胸の前で、今度はゆっくりと十字を切り、神に感謝の祈りを捧げる初老の女性を、鏑木とジンは黙って見つめることしかできなかった。


一度弾みがつくと、これまでの停滞が嘘のように、事態は進展を見せた。

シモーネの家を訪ねた二日後、ジンがさらなる大物を釣り上げたのだ。

深夜の零時過ぎに携帯が鳴り、ジンからの連絡を受けた鏑木は、取るものも取りあえずアパートを出た。

バイクを駆って向かうのはスラムだ。

下町地区《ダウンタウン》の一角を占める、エストラニオ最大のスラム。土地の者はファベイラとも呼ぶ。貧民街という意味だ。

文字どおり、貧しい者が住む街。

マフィア、ストリートギャング、ギャンブラー、賭場《ビンゴ》の関係者、アンダーグラウンドのブローカー、麻薬の売人、売春婦、売春婦のヒモなど、住人の多くは日陰の商売に手を染めている。そして、そんな彼らが無責任に産み落とすストリートチルドレン。

目的地に近づくにつれて、街の景色が荒廃していく。現在、鏑木が住居を構えるダウンタウンも、高台のアップタウンに比べればごちゃごちゃと猥雑だが、スラムはレベルが違う。

いまにも朽ち落ちそうなバラック小屋、落書きだらけのビル、割れたガラス、破損されたままの公共物、ゴミが溢れ出したダストボックス、処理されずに放置された吐瀉物《としゃぶつ》だらけの歩道、ところによってひび割れ、または盛り上がったアスファルト。

歩いている人間も、見るからにカタギではない。

上半身裸の男は肩から背中一面に隙間なくびっしりと入れ墨を背負い、路上にたむろう若者たちは明らかにクスリをキメている。客待ちの売春婦はこれ以上不可能なほど肌を露出し、目つきの悪いポン引きと大声で罵り合う。ラジカセで大音量のサンバをかけ、踊り狂うティーンエイジャー。誰よりも自分が一番クスリを必要としているヤクの売人。物乞いのターゲットを見定めるストリートチルドレンの集団。

スラムの人間を大ざっぱに分ければ、二種類に分類できる。

異様にハイテンションか、なにもかも諦めて死んだ魚のような目をしているか。

においも独特だ。様々なスパイスと下水臭と油のにおいが混ざったようなスラム特有のにおい。

はじめは異臭だと感じたにおいも、耳をつんざく女たちの高笑も、街のあちこちから聞こえてくる大ボリュームのサンバにも、何度か足を運ぶうちに慣れた。ということは、向こうから見ても違和感を与えない程度には溶け込めているということだ。事実、スラムを歩いていて、行き交う住人にじろじろ見られる回数は減った。

生え抜きのジンには「まだまだ。セレブ臭を消し切れてない」と言われてはいるが。

そのジンの姿を前方の街角に見つけ、鏑木はバイクを減速させた。全身を黒で統一し、パーカのフードを深く被っているので、あやうく見過ごすところだった。スプレーペイントが施された壁に寄りかかっていたジンも、こちらに気がついて背中を離す。

バイクを横付けにした鏑木は、ヘルメットのシールドを上げた。ジンはフードを被ったままだ。アナの誘拐事件からだいぶ時間が経ってはいるが、裏切り者として狙われるリスクが消えたわけではないので、なるべく顔を晒《さら》さないように配慮しているのだろう。

「待ったか?」

「十五分ばかりな」

前回と逆パターンのやりとりになった。

「すまん。急いだんだが……場所は近くか?」

「この路地を入ったとこ」

ジンがすぐ横の薄暗い路地を親指で示す。うなずいた鏑木は、バイクを降りてメットインにヘルメットを仕舞った。路地に入っていくジンのあとを、バイクを押しながら進む。

成人二名が擦れ違うのがやっとといった狭い裏路地だ。左右は古い建物の壁がそびえ立ち、足元には割れたガラスや放置されたゴミが散らばっている。厚底のワークブーツでなければ怪我をするところだ。

ジンは弁《わきま》えたもので、ちゃんと脹《ふく》ら脛《はぎ》までのブーツを履いていた。さすがはスラムをホームグラウンドとしていただけのことはある。

先を行くジンがほどなく足を止めた。隣接する建物と建物のあいだに幅一メートル余りの空間があり、一方の建物の壁に外階段が張りついているのが見える。どうやら目的地は、この外階段を上がった先らしい。鏑木は路地にバイクを停め置き、メットインからチェーンロックを取り出した。なにをしても盗《と》られる時は盗られるが、なにもしないよりは幾分かマシだろう。チェーンロックをかける鏑木の足元を、ドブネズミがすごい勢いで走り抜けていく。

先に階段を上り出したジンを追った。鉄の階段はところどころ腐食しており、男二人分の体重にギイギイと悲鳴をあげる。重量に耐え切れないのではないかとヒヤヒヤしたが、なんとか崩れ落ちずにがんばってくれた。

二階まで辿り着き、壁に埋め込まれた鉄のドアをジンが開ける。

建物の内部も薄暗く、饐《す》えたにおいが鼻孔を刺激した。音はなにも聞こえず、しーんと静まり返っている。

ジンがパーカのポケットからスマートフォンを取り出し、内蔵ライトをつけた。スマートフォンを翳《かざ》して、かすかな明かりを頼りに廊下を進んでいく。突き当たりまで行って右折した。さらに少し進んでぴたりと足を止める。視界にぼんやりと、錆《さ》びたドアが映り込んだ。

ブザーは元々ないか、壊れているらしく、ジンが控えめにノックする。ややあって、ドアの向こうから警戒したような声が「誰だ？」と尋ねた。

「俺だ」

ジンが答えると、鍵を内側でスライドさせる音がして、ギィーと軋《きし》みながらドアが開く。

「……入れ」

しゃがれ声が促し、ジンがドアのなかに入った。鏑木も続く。

室内には照明が点いてなかった。窓から射し込む外灯の光が、室内を照らす唯一の明かりだ。その理由を、部屋の主の顔を見て思い出す。

窓の側に立つ、四十がらみの痩せこけた男――外灯を浴びてあらわになった男の両目は閉じられ、目蓋《まぶた》には深い傷跡が刻み込まれていた。さらに言えば左右ともに眼球の膨らみがない。

ジンの事前の説明によれば、男はマフィアの一員だったが、組織が運営する賭場の金をくすねたかどで、両目を潰されて永久追放されたらしい。命を奪われなかっただけ儲けものだ、とはジンの弁だ。

マフィアの構成員は、ストリートギャング上がりで、天涯孤独であることがほとんどだ。目が見えず、頼れる者もいない身の上で、スラムで長く生きながらえることはできない。殺すまでもないと判断されたのか、それとも死よりも辛い生き地獄を味わわせる罰なのか。

「シコ」

ジンが、廃墟ビルに不法入居している男の名を呼ぶ。両目を潰された男が首を捻《ひね》り、正確にジンのほうを向いた。視覚の代わりに、聴覚が発達しているようだ。

「ヴィクトールを連れてきた。ヴィクトールはガブリエルの話を聞きたがっている」

紹介を受けた鏑木は、男の前に進み出た。近くに寄れば、骨と皮ほどに痩せた男から、強烈な臭気を感じる。単なる体臭ではなく、腐った内臓から漂う、死臭のような饐えたにおいだ。なんらかの、重篤な病に侵されていることは間違いないと思われた。

「シコ、ガブリエルについて知っていることを話してくれ」

「先払いだ」

しゃがれ声で、シコが主張する。ジンが鏑木を見て、払ってやれというふうに顎《あご》をしゃくった。うなずいた鏑木は、ライダースジャケットのポケットから札束が入った封筒を取り出す。それをシコの前に差し出すと、筋張った手が引ったくるように奪った。シコが手探りで封筒の中身を確かめる。紙の感触で本物の紙幣かどうかを判断し、サイズで金額を確認しているようだ。

やがて満足したのか、にんまりと笑った。その口には歯がほぼない。

「少し長くなる。座ってくれ」

歯がないせいか、滑舌がいいとは言えないが、聞き取れないほどではなかった。

ゴミ捨て場から拾ってきたと思われる、スプリングがいかれたソファに、鏑木とジンは腰を下ろす。シコは丸椅子に、背中を丸めて腰掛けた。

「俺は昔、ガブリエルの直属部隊〝azul《アズゥ》〟にいたんだ。だから、ボスについてはよく知っている」

マフィアのエリートだった経歴を自慢げに披露したのち、シコは自分の視力を奪ったボスについて語り出した。

ガブリエルは、まだ本名のジョゼを名乗っていた十二歳の時、エストラニオ一の規模を誇るマフィア『ｃｏｒｅｓ《コレス》』の下部組織に入った。組織の最下層からキャリアをスタートさせた彼は、当時から下っ端のなかでも群を抜いて賢く、一を聞いて十を知るような子供だった。

長じるに従い、ガブリエルは人並み外れた美貌、目的のためには手段を選ばない非情な性格、クレバーな頭脳によって、幹部に重用されるようになる。ほどなくしてガブリエルは、自身の直属部隊〝ａｚｕｌ〟を率いるようになった。

少数精鋭を誇る〝ａｚｕｌ〟は、汚れ仕事を厭《いと》わず、むしろ積極的に請け負った。その結果、数々の功績を上げる。隊を率いるガブリエルは、組織内でめきめきと頭角を現し、『ｃｏｒｅｓ』での地位を確実なものにしていった。

この頃、ジョゼからガブリエル・リベイロと改名する。同時にブラジル国籍を取得して、表向きは投資家となった。持ち前の先読みの能力を駆使して、スタートアップ企業に次々と先行投資した彼は、それらが当たると、今度はみずから会社を興した。

成功した実業家となったガブリエルは、表社会で得た資金を裏社会で有効活用した。金の力で構成員を掻き集めたのだ。

〝ａｚｕｌ〟を組織内最大勢力としたガブリエルは、老いの見えてきたボスのペドロを殺害して『ｃｏｒｅｓ』の実権を握った。ガブリエルがペドロを殺した証拠はないが、組織の誰もが彼の仕業だと確信していた。だが、その罪を糾弾する者はいなかった。そんなことをすれば、自分の命が危ない。

こうしてガブリエルはついに、エストラニオ裏社会のトップに立った――。


スラムでジンと別れ、鏑木はダウンタウンのアパートに戻った。

すでに夜明けが近い。飲まず食わずで走り回ったここ数日間の疲れが出たのか、鉛袋をぶら下げた棒きれのような脚を引きずって室内を横断し、キッチンに向かった。グラスに氷を放り込み、カシャッサの瓶から透明な液体を注いだ。その場で、立ったまま半分ほど呷る。冷たい液体が滑り落ちると同時に、喉から食道にかけてカッと熱くなり、頭がキーンと痛くなった。空っぽの胃に強いアルコールを流し込むのはよくないとわかっていたが、呑まずにはいられなかった。

片手にグラスを持ち、リビングへ移動して、ソファにどさっと身を沈める。

背もたれに後頭部を預けると、天井をゆったりと回るシーリングファンを眺めながら、ついさっき聞いたばかりのシコの話と二日前のシモーネの話を整理する。

二人の話を統合することで、ガブリエルという男が歩んできた道筋が見えてきた。

両親とは死に別れたのか、そこに至る詳しい経緯はわからないが、スラムのストリートチルドレンだったジョゼことガブリエルは、九歳の時にイネスに命を救われ、シウヴァの養護施設に入所。

そこで教育を受けるものの、当時の院長に性的な虐待を受け、十二歳の時に彼を刺して逃亡。

その後、マフィア『ｃｏｒｅｓ』の下部組織に入り、じわじわと頭角を現す。直属部隊〝ａｚｕｌ〟を率いて実績を積み上げつつ、表では改名後のガブリエル名義で会社を興して成功。そこで得た資金で『ｃｏｒｅｓ』内での地位を盤石のものとし、機を見て、老いの見えてきたボスのペドロを殺害。『ｃｏｒｅｓ』を完全に掌握する。

――現在の『ｃｏｒｅｓ』の運営は、ガブリエルの直属部隊〝ａｚｕｌ〟のメンバーが行っているが、決断はガブリエルが下している。

シコの台詞《せりふ》を脳内に還《かえ》し、カシャッサをもう一口呷った。

蓮の側近代理として、シウヴァの業務につきっきりになっている現状、『ｃｏｒｅｓ』の運営は部下に任せざるを得ないのだろう。とはいえ、重大な案件はその都度ジャッジしているはずだ。

それにしても、マフィアの関係者であることはほぼ間違いないと思っていたが、まさか『ｃｏｒｅｓ』のトップだったとは……。

全貌を明らかにした敵の、予想以上の巨大さに、胃がずしっと重苦しくなる。

ガブリエルの話を語り終えたシコに、鏑木は「シウヴァについて知っていることはないか」と尋ねた。直属部隊の〝ａｚｕｌ〟にいた男ならば、なにか知っているのではないかと思ったのだ。

――ないわけじゃない。ただし追加料金がかかる。

要求どおりに追加の金を渡すと、シコはシウヴァと『ｃｏｒｅｓ』の浅からぬ縁について話し出した。

ガブリエルがまだ『ｃｏｒｅｓ』のトップに上り詰める前――ボスのペドロの指示により、イネスの弟ニコラスにハニートラップが仕掛けられた。ニコラスはまんまと女の誘導でドラッグと賭場《ビンゴ》にハマった。

いい金づるとなったニコラスだが、大きな借金を父親に肩代わりしてもらったのを機に足を洗う。だが、そんなことで金の卵を産む鶏を手放すほど、ペドロは甘くなかった。一度罠《わな》にかかった獲物は、骨の髄までしゃぶり尽くすのがマフィアの流儀というものだ。

一年後、女と一緒にドラッグを使う現場写真を盾に、ニコラスに揺さぶりをかけた。しかしニコラスは脅《おど》しに屈することなく、あまつさえ警察に洗いざらい話すと言い出した。

金づるどころか、逆に組織に脅しをかけてきたニコラスを、ペドロは車に細工をして消した――。シコが話をしているあいだ、態度にこそ出さなかったものの、鏑木は密かに衝撃を受けていた。

やはり、ニコラスの死因は事故ではなかった。

その死は仕組まれたもので、マフィア『ｃｏｒｅｓ』が関わっていた。

グスタヴォ翁の日記に綴《つづ》られていた彼の推理は正しかったのだ。

その後、シコは「これはいまも組織にいる幹部に聞いた話だが……」と、さらなる続きがあることをほのめかしてきた。シコは鏑木の正体を知らないが、シウヴァに興味を持っているのを知って、ここが情報の売り時と考えたのかもしれない。鏑木としても、欲を出した彼の申し出を拒む理由はなかった。追加の紙幣を払う。

――シウヴァのトップ……いまの若造じゃない。前の爺《じい》さんだ。爺さんがまだ生きていた頃、軍と組んで『ｃｏｒｅｓ』を壊滅させようとしたらしい。

――息子の死の裏に『ｃｏｒｅｓ』がいたことを突き止めて、マフィアに復讐《ふくしゅう》するつもりだったんじゃないかと、幹部は言っていた。その時点ですでにニコラス暗殺の命を下したペドロは死んでいたが、爺さんのなかではマフィア組織自体が復讐の標的になっていたんだろう。

――だが、作戦が実行される前にシウヴァのトップの命は尽きた。大騒ぎになったから、あんたも覚えているだろう？　移動中に襲撃され、銃弾を胸に食らって死んだんだ。誰がやったのか、俺は知らない。幹部も知らなかった。〝azul〟の仕業じゃないってことは、組織の犯行じゃなかった可能性もある。けど、爺さんが死んだおかげで『cores』は壊滅を免《まぬか》れた。エストラニオ一のマフィア組織といえども、さすがに軍が本気になって潰しにかかってきたら危なかっただろうからな。まあ、どっちに転ぼうがいまの俺には関係のない話だが……。

ニコラスの死にまつわる経緯は、翁の推理を裏打ちするものだったが、翁自身の死因に関する噂は寝耳に水だった。

グスタヴォ翁が軍と組んでマフィア一掃作戦を画策していたなんて、まったく知らなかった。

翁は側近の自分にも、この案件を話さなかった。誰にも明かさず、秘密裏に、ごく一部の軍関係者と計画を押し進めていたのだろう。

翁が自分に秘密にしたのは、話せば必然的に、ニコラスが死に至った経緯をも明かさなければならないと考えたからか。

シウヴァの跡継ぎであるニコラスがハニートラップにかかり、ドラッグとギャンブルに溺れた過去は、プライドの高い翁にとって恥ずべき汚点だった。側近の自分にも知られたくなかったのかもしれない。

息子の愚行を恥じながら、一方で、翁は彼を愛していた。ニコラスの敵《かたき》であるマフィアを壊滅させ、息子の無念を晴らしたいと願っていた。

しかし、その計画が事前に敵に漏れた？

可能性は高い。

そして翁も殺された……。

鏑木は残りのカシャッサを一気に呑みほした。氷だけになったグラスをカンッとカフェテーブルに置く。

「ふー……」

大きく息を吐き、髪のなかに両手を突っ込んだ。

自分がもしマフィア一掃計画を知っていたら……翁を死なせずに済んだのではないか？

なぜ気がつかなかったんだ。あれほど側にいたのに、どうして察知できなかったのだろう。

シコの話を聞いて以降、頭から離れなくなった自責の念が、ふたたび襲いかかってくる。おのれの腑甲《ふが》斐《い》なさに苛立ち、爪で頭皮を搔《か》き毟《むし》った。直後、ふるっと大きく頭を振る。

「……今更だ」

すでに起こってしまったことを悔い、あの時ああすればよかった、こうすればよかったと自分を責め立てたところで、翁は戻って来ない。過去は覆《くつがえ》せない。

それよりも、自分がいま護《まも》るべきは蓮だ。

過去より未来。いま生きている蓮だ。

天国の翁もきっと、マフィアから——ガブリエルの魔の手から、蓮を護って欲しいと望んでいる。

大切な人間を、今度こそ護り抜いてみせる。

決意を新たにした鏑木は、脇に逸れた思考を本筋に引き戻した。

シコとシモーネの証言で途中までは繋がったガブリエルの足跡だが、ここから先は、二人の話とこれまでに判明した事実を元に推測していくしかない。

（おそらく――）

ペドロを追い落とし、エストラニオ一のマフィア組織のトップに君臨したのちも、ガブリエルの野心は満ち足りることはなかった。

ガブリエルの次なる狙いは、南米麻薬カルテルのトップ。

麻薬王の玉座を狙う手段として、以前から目をつけていたのが「ブルシャ」の伝説だ。

密林の奥地に生息するといわれる幻の植物ブルシャには、コカインに似た麻薬成分が含まれていると考えられる。ブルシャの栽培化を成功させた暁《あかつき》には、南米麻薬カルテルの主導権を握ることも夢ではない。

ブルシャこそが、自分の野望を達成するための強力な〝剣《つるぎ》〟だ。

ブルシャについて調べ始めたガブリエルは、密林奥地の原住民のみが使用していた幻の植物を世に知らしめたのが、シウヴァの始祖であった――と記された文献に行き当たった。

シウヴァとブルシャの因縁を知り、ガブリエルは〝運命〟を感じたのではないか。

さらにはかつて、一人の日本人植物学者が、ブルシャの生態を研究するためにエストラニオを訪れたことを知る。その植物学者――甲斐《かい》谷学《やまなぶ》が、イネスの駆け落ちの相手であったことも認知したはずだ。

まだジョゼと名乗っていた頃、自分の命を救ってくれた女神――イネス。

ジョゼ少年は女神イネスに叶わぬ恋をした。

けれど、スラムの孤児であるジョゼにとって、シウヴァ家の令嬢イネスはあまりにも遠い、手の届かない存在だった。

イネスに少しでも近づきたい。彼女と釣り合う男になりたい。

シウヴァと肩を並べられる〝力〟が欲しい。

飢えにも似た思いが、彼の尽きぬ野心の根幹にあったとしてもなんら不思議はない。

だが、ガブリエルが切なる野望を達成するずいぶんと前に、イネスは甲斐谷学と出奔して行方不明になっていた。

失踪から約十一年の月日を経て、長らく行方不明だったイネスと駆け落ち相手の、ジャングルでの客死が明らかになり——その訃報と引き替えに登場したのが蓮だ。

これもまた運命的なデビューといっても過言ではない。

ジャングルで生まれ育った野生児が、一夜にして国一番の大富豪の跡取りとなったのだ。

ガブリエルにとってシウヴァは、自分が手に入れたい〝力〟の象徴。

シウヴァの跡継ぎであり、イネスと甲斐谷学の忘れ形見でもある蓮は、登場した瞬間から、ガブリエルにとって特別な存在となったはずだ。

蓮とブルシャの両方を手に入れることが、ガブリエルの新たな目標となったのは想像に難くない。

ブルシャは権力を手に入れる手段として。

蓮は権力の象徴として。

蓮とブルシャを掌中に収めるために、ガブリエルはじっくりと策を練った。実際にジャングルにも赴き、ブルシャを探しもしただろう。結果、これまでのフォレスト・レンジャーの例に漏れず、手がかりのない状態で密林奥地に分け入っても、ブルシャの生息地を見つけ出すことは不可能であるという結論に至ったはずだ。

自力での探索が不可能ならば、残る手段は一つ。シウヴァ内部に入り込み、始祖がブルシャについて書き残した文献を探し出すこと。文献が実在する確信はなかったが、ブルシャに魅せられた人間ならば、その生態を書き残したいという誘惑に抗えないであろうと考え、そちらの可能性に賭けた。

ターゲットをシウヴァに絞ったガブリエルは、蓮の花嫁探しのパーティに潜入し、ついにイネスの息子と対面を果たす。

これはガブリエルにとって運命的な出会いであったが、二義的な邂逅《かいこう》であり、本来のターゲットはニコラスの未亡人ソフィアだった。

首尾よくソフィアに接触したガブリエルは、その後じっくりと時間をかけて、ソフィアと娘のアナとのあいだに信頼関係を築き上げた。すべてはシウヴァの中枢に深く入り込むための入念な下準備だ。

ソフィアとの婚約も調い、『パラチオ　デ　シウヴァ』の別館に居も移した。居住後はアナの誘拐事件を演出し、蓮の信頼を勝ち取った。

だが、蓮を完全に操るためには、側近である自分の存在が邪魔だった。

そこで罠を仕掛けた。

うっかりトラップを踏んだ自分をシウヴァから追い出し、空席となった側近代理の座に収まる。

幹部会、秘書の信頼も勝ち得て、シウヴァをほぼ掌握し、一歩一歩、着実に野望の実現へと歩を進めている――。

(つくづく恐ろしい男だ)

鏑木は無意識に止めていた息をふーっと吐き出した。

ようやく、ここに至るガブリエルの足跡が繋がったが、後半部分は憶測に過ぎないし、相変わらず物的証拠もない。目が見えないシコに、『cores』のトップがガブリエルであることを証言するのは不可能だ。そもそも、こればかりはいくら大金を積んでも引き受けないだろう。

証拠がないのに告発しても、ソフィアとアナを納得させることはできない。

残念ながら、まだ〝その時〟ではないということだ。

「だが……いつか必ず追い詰めてみせる」

空を見据えて低くひとりごちた——直後、とある閃《ひらめ》きが降って湧いて、息を呑んだ。

少し前のことだが、自分の辞職にショックを受けた蓮が視力を失った際、部屋に忍び込んで唇を奪った男がいた。蓮の抵抗とエルバの妨害が功を奏し、幸いにもキス以上の乱暴を働く前に男は立ち去ったという。結局、犯人はわからずじまいだったが……。

(あれがガブリエルであった可能性は……?)

否めない。

ガブリエルにとって蓮は、権力の象徴のようなものだと考えていたが、仮にイネスの身代わりだとしたら、恋情が絡んでいてもおかしくはないのだ。

永遠に手が届かない場所に行ってしまったイネスの代わりに、蓮を自分のものにしようとしているのかもしれない。

肉欲を伴った執着心を秘めた男が、常に側にいる——。

ちりっと首の後ろが痺れた。とっさにうなじに手をやる。毛穴から滲み出た汗で、手のひらが濡れた。

焦燥に駆られ、ライダースジャケットのポケットから携帯を引き出す。蓮の番号を呼び出して通話ボタンを押そうとした鏑木は、寸前で踏みとどまった。

「……くそっ」

夜明け間近とはいえ、蓮の起床時間まで二時間近くある。今頃はまだ夢のなかだろう。

今日も一日、スケジュールがびっしりと詰まっている蓮を、ロペスより早く起こすのは忍びなかった。

それに、現時点ではなんの確証もない。憶測の上に成り立った、ただの妄想だ。

自分の妄想を語って聞かせることによって、蓮とガブリエルが必要以上にぎくしゃくしてしまうのは、業務の遂行上好ましくない。ただでさえ蓮には過大なプレッシャーがかかっているし、業務が滞ればエストラニオ経済全般に影響が及ぶ。

蓮のことは心配だが、ガブリエルも側近代理という立場上、ヘタは打てないはず。

最終目的がブルシャである以上、生息地への道筋を示す決定的な手がかりを手にするまで、ガブリエルも現状維持に努めるに違いない。現在の立ち位置をキープするために、〝ソフィアのよくできた婚約者〟の仮面《ペルソナ》を被り続けるはずだ。

あの時と違って、いまは自分が戻って来ていることも知っている。冷静なやつのことだ。激情に駆られて無茶な真似はしないだろう。

とにかく、できるだけ早く蓮と連絡を取り、新たに判明した事実を説明した上で、くれぐれもガブリエルには気を許すなと再度釘を刺しておこう。

そう心に決めて、気持ちを落ち着かせた。

（それと――ブルシャだ）

ジンの協力もあって、ガブリエルの過去と正体、その目的は大体のところ把握できた。

だが同時に、エストラニオ一のマフィア組織のボスであるガブリエルを告発する証人を見つけるのが、きわめて困難であることもわかった。そもそも表の人間はガブリエルの正体を知らないし、裏の人間であればあるほどやつに恐れを抱く。みずからの命と引き替えに告発するような奇特な人間は、まずいないと踏んだほうがいい。

そうであれば、頭を切り替える必要があるだろう。

現状において、エストラニオに新たな麻薬カルテルを形成するというガブリエルの企みを、事前に封じ込めるための有効打は、やつより先にブルシャを見つけることだ。

幸い、これに関しては自分たちが一歩先んじている。

近いうちに、蓮ともう一度ジャングルに飛ぼう。

そして今度こそ、無数の蝶《ちょう》が舞う〝あの場所〟に辿り着いてみせる。

「次こそ……必ず」

III

その日の業務が終わり、ガブリエルや秘書たちと車寄せで別れ、自分の部屋に戻った数分後——まるで頃合いを見計らっていたかのように携帯が鳴った。さっきジャケットのポケットから出して、チェストの上に置いたプライベートの携帯だ。

脱いだジャケットにブラシをかけていた蓮《れん》は、急いでチェストにとって返し、呼び出し音が鳴り続けている携帯を摑み取った。ホーム画面に表示されているのは、待ちに待った恋人の名前。

（来た！）

あわてて通話ボタンを押す。

「もしもし？」

『蓮か？　俺だ』

数日ぶりに聞く鏑木《かぶらぎ》の声に、心臓がトクッと脈打った。それをきっかけに、トクトクトクと走り出す。

声を聞いたくらいで……と自分でも思うけれど、五日ぶりの電話だったし、もう十日間も顔を見ていない。そのあいだもメールのやりとりはしていたが、こちらがいろいろ書いても、返ってくるのは例によって素っ気ない一言。まるで物足りなくて、充《み》たされなかった。

今朝届いたメールも【今晩電話する】の一行のみだ。

それでも、夜まで待てば声が聞けるとわかって、一日テンション高く過ごせたのだが。

「……ひさしぶり」

一日千秋の思いで待ち続けていたのに、口から出たのは、ふて腐れたような声だった。長く放っておかれたことへの恨みがましい気持ちが、つい溢れ出てしまう。

鏑木はすぐに、蓮の不機嫌な様子に気がついたようだ。『どうした？』と尋ねてきた。

『なにかあったのか？』

「別に……鏑木こそなにかあった？　しばらく電話なかったけど」

『メールは送っていただろう』

「ああ……一行メール？」

拗《す》ねた声で、当てこするような物言いをしてしまう自分を、どうしても止められない。

『おまえもわかっているだろう。メールを長々書くのは苦手なんだ。電話で話したほうが早い』

「でも電話くれなかった」

一番言いたかったのはコレだ。毎日ずっと待っていたのに……。鏑木の置かれている状況がわからないから、こっちからはかけられないのだ。ひたすら待つしかない辛い立場をわかって欲しい。

電話の向こうの鏑木が、嘆息混じりに『……蓮』とつぶやいた。

『機嫌が悪いならかけ直すか？』

「……………っ」

息を吞んだ一瞬後、ここ数日間のフラストレーションが爆発した。

「なんだよ、その言い方！　こっちはずっとずっと待っていたのに！」

いきなり大声を出した蓮に、足元に蹲《うずくま》っていたエルバがびっくりして跳ね起きる。

「グォルルル……」

心配して、足元をぐるぐる回り出した。大丈夫かと言いたげに、尻尾《しっぽ》を脚に巻きつけてきたが、頭に血が上っている蓮はそれどころではない。

『──蓮』

「ひどいっ！　ばかっ……鏑木のばかっ」

『蓮……落ち着け。俺が悪かった。いろいろあって……詳細はこれから話すが、なかなか電話ができなかったんだ』

落ち着いた声音で謝罪の言葉を紡《つむ》がれ、暴れ回っていた嵐の勢いが弱まった。

『だが、おまえのことは、離れているあいだも片時も忘れたことはない』

真摯《しんし》な声が耳殻《じかく》からしみ込んでくるにつれて、荒んでいた心がじわじわとやわらかくなっていく。

（ばかは自分だ。たった一言で、こんなにも簡単に宥《なだ》め賺《すか》されてしまうなんて……）

単純だと自分でも思う。

でも、こんなふうに拗ねたり当たったりできるのも、相手が鏑木だからこそ。ほかの誰にも、こんなふうに剝き出しの感情をぶつけられない。ロペスにもジンにも。身内であるアナやソフィアにだって。

ありのままの自分を晒《さら》せる相手は、鏑木だけだ。

なにも取り繕っていない、剝き身の自分を見せられるのは鏑木だけ。

それが甘えだということもわかっている。

駄目な自分を見せても、鏑木は嫌わない。

どんな自分も肯定して、受け止めてくれるという甘え——。

そこに辿り着くのと同時に、自然と「ごめん」という言葉が口をついていた。

「……俺こそ子供っぽい当たり方してごめん……ひさしぶりに鏑木の声を聞いて、気が緩んで甘えたくなったんだと思う」

『いや……俺こそ、おまえが日中緊張を強いられているのをわかっていながら、配慮が足りなかった。今後は気をつける』

殊勝な言葉に驚きつつ、「別にいいよ。本当に俺の甘えだから気にしないで。鏑木が大変なのはわかっているから」と返す。

『いや、そうはいかない。メールももう少しがんばって長く書くし、写真も添付して……』

「い、いいって！」

思わず遮った。

「無理しなくていいよ。鏑木からかわいい犬の写真とか送られてきても、どうリアクションしていいかわからないし」

『……ひどいな。せっかくやる気を出したのに』

傷ついたような声が聞こえてきた数秒後、ぷっと噴き出す。

「……情けない声……っ」

『情けなくて悪かったな。笑うなよ』

笑うなと言われれば、余計におかしさが募った。

「ごめん……でも、だってっ……くっ……あははははっ」

ひさしぶりに声を出して笑う。それがガス抜きになったのか、笑いが収まった頃には、胸のもやもやはきれいさっぱり消えていた。

自分で思っていたより、ガブリエルが常に側にいる状態に、フラストレーションが溜まっているのかもしれない。これくらい平気だ、大丈夫だと言い聞かせていたが、それなりにストレスを感じていたようだ。

「……グルゥウ」

エルバが、やれやれ収まったかという顔つきで、ふたたび床に横たわる。

蓮は涙を拭《ぬぐ》って、携帯を持ち直した。

「……もしもし？」

『気が済んだか？』

「うん、すっきりした」

晴れ晴れとした声で答えたら、鏑木が『……よかった』とつぶやく。

あれ？　と思った。本気でほっとしているように聞こえたからだ。

こっちが泣こうがわめこうが、鏑木はいつだって泰然としていて、自分は手のひらの上で転がされているだけだと思っていたけれど。

実は密かに動揺していたりするんだろうか？

そうだったらいい――なんて、自分でも性格が悪いと思う。でも自分が鏑木にとって、少しでも影響力のある存在ならばうれしい。プラスの影響ならもっといいけれど……。

『仲直りでいいか？』

確認の問いかけに、蓮は「うん」と応じた。

『よし、じゃあ本題に入るぞ』

鏑木の声音から、どうやら話が長くなりそうだと感じ取り、寝室から主室に移動してソファに腰を下ろす。

『ここ数日で、ガブリエルの素性に関して新たな事実が明らかになった』

切り出した鏑木が、この数日間で摑んだという新事実を、順を追って語り出した。

ガブリエルの本名はジョゼ。九歳までスラムのストリートチルドレンであったが、悪徳警察官に暴力を振るわれ、生命の瀬戸際にあったところを偶然通りがかったイネスに救われた。

「イネスに⁉」

それまでは黙って鏑木の話を聞いていた蓮の口から、思わず大きな声が飛び出る。

『そうだ。ガブリエルは少年時代、イネスに命を救われていたんだ』

実の母がガブリエルの命を助けた恩人だったという過去の因縁に驚く半面、長年の疑問に答えが出たような気もした。

――知っている？　きみの瞳は感情が昂《たかぶ》ると碧《みどり》に光るんだ。きみのマーイと同じ色にね。

『パラチオ　デ　シウヴァ』のパーム・ガーデンの噴水で初めて会った時から、ガブリエルはイネスを知っている素振りを見せていた。イネスとの関係を匂わせておきながら、蓮が「イネスを知っているのか？」と問《と》い質《ただ》すと、のらりくらりと躱《かわ》して答えなかった。

だがやはり、二人の人生は交差していたのだ。

『イネスに助けられたガブリエルは、彼女の口利《くちき》きでシウヴァが運営する養護施設に入所したが、十二歳で脱走している』

「脱走？」

鏑木の説明によれば、ガブリエルは当時の院長から性的な虐待を受け続けていた。ある時、我慢の限界を迎えたのか、彼を刺して逃走した。刺された院長は深手を負ったものの命は助かった。イネスは手を尽くしてガブリエルを捜したが、行方はわからずじまいだった。

『ここからはマフィアを追われた男の証言だ。――養護施設から逃げ出したガブリエルはその後、エストラニオ一のマフィア「ｃｏｒｅｓ《コレス》」の下部組織の一員となり、使い走りからスタートして徐々に出世していった』

直属の部隊〝ａｚｕｌ《アズウ》〟を率いて、組織内でめきめきと頭角を現し、ジョゼからガブリエル・リベイロへと改名。表向きは投資家を名乗るようになった。先見の明と優れた決断力によって、投資した会社は次々と業績を伸ばし、ガブリエルは豊富な資金を確保した。

表社会で得た資金を裏社会で活用して手下を増やすと、老いの見えてきたボスのペドロを殺害して『ｃｏｒｅｓ』の実権を握り、ついにエストラニオ裏社会のトップに立った――。

「ガブリエルが……マフィアのボス」

マフィアと関わりがあるであろうことは予測していたが、エストラニオ一の組織を率いる首領《ドン》であると知らされれば、少なからず衝撃を受ける。

『ガブリエルの裏の顔が、マフィア組織「ｃｏｒｅｓ」のヘッドであることは間違いない』

鏑木に肯定されて、携帯を持つ手にぎゅっと力が入った。

深海のように昏《くら》く、冷たい、サファイアブルーの双眸《そうぼう》が眼裏《まなうら》に浮かぶ。

ストリートチルドレンだった過去。

警察官に殺されかけた過去。

養護施設の院長から性的虐待を受け続けた過去。

幼少期に負うにはヘビーすぎるそれらの体験が、人格形成の過程でマイナスの影響を及ぼし、あの美しく冷酷なモンスターを作り上げたのだろうか。

『ガブリエルから少し話は逸れるが、マフィアを追われた証言者から、新たに判明した事実がある』

ガブリエルの底知れぬ青い瞳を思い浮かべ、その深淵に吸い込まれそうになっていた蓮は、鏑木の声で現実に引き戻された。

『ニコラスの死因に関して、翁《おう》の日記に書かれていた推測は事実だった。ハニートラップに嵌《は》まり、ドラッグとギャンブルに溺れたニコラスは、「ｃｏｒｅｓ」にとっていい金づるだったが、翁にすべてを打ち明けたことで改心し、再度の脅《おど》しには屈しなかった。それどころか、なにもかも警察に話すと言い出した。リスクとなったニコラスを、「ｃｏｒｅｓ」は事故に見せかけて消したんだ』

「お祖父《じい》さんの日記に書いてあったとおりだ……」

『ああ、ニコラスを暗殺するように指示したのは、当時「ｃｏｒｅｓ」のボスだったペドロだ。翁はニコラスの無念を晴らすために、エストラニオ軍と共闘し、マフィア撲滅計画を練っていた。しかし、それを事前に察知されて襲撃された』

「お祖父さんもペドロにやられたってこと？」

『いや、翁が襲われた時のトップはペドロじゃない。ガブリエルだった』

ぞくっと背筋に悪寒が走る。

「じゃあ……ガブリエルがお祖父さんを？」

『そこまでの証言は得られなかった。どうやら翁襲撃の件は極秘裏に進行したらしく、「ｃｏｒｅｓ」内部の人間でも詳細はわかっていないようだ』

「………」

わからないということは、ガブリエルの指示だった可能性も否定できないということだ。

マフィアのトップとして、自分の前に立ち塞がる邪魔者を、次々と消していく冷酷な男。

一歩間違えば、鏑木だって殺されていたかもしれない……。

その可能性に気がつき、おこりのような震えが止まらなくなった。

『だが俺は、ガブリエル自身が直接手を下していないとしても、指揮はやつが執《と》ったと思っている』

鏑木が低い声で自説を述べる。

『あいつがシウヴァに入り込むためには、翁の存在が邪魔だったからだ』

（そうだ。お祖父さんが生きていたら、ガブリエルはシウヴァにここまで深く入り込めなかったはずだ）

祖父ならば、ガブリエルの正体を見破ったかもしれない。あの祖父のことだ、ソフィアがどんなに懇願しようとも、婚約を許さなかった可能性はある。

それに比べて自分は……なんだかんだ言いつつも、ガブリエルを『パラチオ　デ　シウヴァ』の敷地内に入れてしまった。

おのれの甘さを噛み締める。

『ここまでが新たにわかった事実だ。ガブリエルの過去や素性について明らかになったのは前進だが、相変わらず物的証拠はない。「ｃｏｒｅｓ」について話してくれた男は、組織を追われた際に両目を潰され、目が見えないんだ。従って彼には、ガブリエルが「ｃｏｒｅｓ」のボスであるという証言はできない』

「両目を……」

マフィアの残忍な手口に恐怖心が募った。

鏑木の言うとおり、物的証拠が手許にない現状では、ガブリエルを糾弾することはできない。

ソフィアとアナはもとより、シウヴァの幹部会、秘書も、いまではすっかりガブリエルを信頼し切っている。社交界での評判も上々。側近代理としての有能さは、誰もが認めるところだ。

気がつけば、シウヴァの心臓部にまで侵入を許してしまっている。

（マフィアのトップに、ここまで深く入り込まれてしまったのは自分のミスだ。当主としての警戒心が足りなかった）

こうなる前に、その正体に気づくべきだった。

出会った当初、ガブリエルに対して覚えた違和感――自分の内なるシグナル――野生の勘にもっと耳を傾けていれば……。

取り返しのつかない悔恨に奥歯を食い縛っていると、耳許で緊迫した声が『蓮』と呼んだ。

『わかっていると思うが、ガブリエルには気をつけろ。あいつは、おまえとイネスを重ね合わせている可能性がある』

暗黒のガブリエルの少年期に、突如射し込んだ一筋の〝光〟――イネス。

ひょっとして、ガブリエルにとってイネスは初恋の相手だった？

だが、そのイネスは日本人の植物学者と駆け落ちしてしまった。

――傲慢《ごうまん》で無邪気なきみのせいで、みんなが不幸になる。自分が信じる真実の愛のために、駆け落ちしたイネスと同じだ。きみは母親にそっくりだ……レン！

いつかの、叩きつけるような怒声を思い出す。

本心をなかなか見せないガブリエルが、初めてぶつけてきた生々しい苛立ちの感情は、イネスを愛していたが故のものだったんだろうか？

（そういえば）

以前、鏑木を失ったショックで心因性視力障害になった時、深夜、寝室に忍び込んできた男がいた。

その男に体の自由を奪われ、無理矢理くちづけられた。

自分の口のなかに、鏑木以外の人間の舌が入ってきた――おぞましい感触。いま思い出しても背筋がぞわぞわする。

犯人の条件に当てはまる相手としてガブリエルに疑いを持ったが……結局、本人に問い質す機会を得ないまま、鏑木が戻ってきたこともあって有耶無耶《うやむや》になっていた。

でももし、少年時代のガブリエルがイネスに恋をしていて、鏑木の言うとおり、現在の彼が自分とイネスを重ね合わせているとしたら……。

（あれはやっぱり、ガブリエルだったんじゃないのか？）

『――蓮？　大丈夫か？』

返事がないことを訝《いぶか》しんだ鏑木に確認され、「あ、うん、大丈夫」と答える。

「充分気をつけるよ」

『念には念を入れてくれ。頼む』

念押しの上に懇願を添えて、鏑木が言葉を継いだ。

『マフィアの首領《ドン》みずからがシウヴァの内部に侵入した狙いは、ブルシャにほかならないと俺は思う。ブルシャの生息地を見つけて生態を研究し、栽培方法を確立できれば、南米麻薬カルテルのトップに躍り出ることも夢ではないからな。その野望を打ち砕くために俺たちがすべきことは、やつよりも先にブルシャを見つけることだ』

「俺もそう思う」

鏑木の意見に、蓮も賛同する。

『前回は惜しくも時間切れとなったが、次こそブルシャに辿り着きたい。――というわけで、俺は近々ジャングルに飛びたいと思っているが、ブルシャの探索にはおまえの存在が不可欠だ。なんとか時間を作れないか？』

ジャングルと聞いただけで、脊髄反射《せきずいはんしゃ》で気持ちが上がった。しかも鏑木と一緒のジャングルだ！

断る理由なんてない。

「行く！　行く！」

連呼してから、蓮ははっと思い出した。

「……駄目だ……」

頭に手を置き、絶望的な声を発する。

「祝祭《カーニバル》がある」

『ああ……そうだったな』

鏑木もそのイベントの存在を思い出したようだ。

カーニバルは、年に一度首都ハヴィーナで開催される、エストラニオの一大イベントだ。

なかでもメインイベントは、人気歌手を乗せたトラックが街を練り歩く野外ステージで、海外からこのステージ目当ての観光客が訪れるほどに有名だ。

カーニバルの二日間は、ハヴィーナのありとあらゆる街角が、音楽と踊りで満ち溢れる。

観光客を巻き込み、老いも若きも男も女も、踊り、歌い、楽器を奏でるのだ。

今年はシウヴァ・ホールディングスが、メインスポンサードを担《にな》うことになっている。

なにしろ大きなイベントなので準備も大がかりだ。開催まで三週間を切り、この先、公式スポンサーとしてジャッジしなければならないことが山積している。さらに蓮には、シウヴァ・ホールディングスのCEOとして、開会式のスピーチという大役が課せられていた。

「カーニバルが終わるまでは、ハヴィーナを動けない……」

　落胆を隠せない蓮を、鏑木は元側近らしく、『それは仕方がない。おまえの代わりはいないんだからな』と諫《いさ》めた。

「ああ……くそ。タイミングが悪い」

『カーニバルが終わったら、すぐさま発《た》てるように準備をしよう』

　慰めるような声音で促され、口では「うん」と言ったが、腹のなかでは納得できていなかった。

　仕方がないことだけど、時間がもったいない。こんな大事な局面で、動けない自分が歯がゆい。

　ハヴィーナを離れられなくても、ブルシャに近づくために、なにかできることはないか。

（なにか……なにか）

　必死に頭を巡らせていると、じわじわと、その存在が台頭してきた。

　イネスの陰に隠れてしまいがちな実父——甲斐谷学《かいやまなぶ》だ。

　蓮自身、記憶になければ顔を見たこともない。写真の一枚も残っていなかったからだ。

　そのせいで、実父に対してこれといった感情が湧かないのだが、生前の彼はブルシャの研究者だった。

　亡くなる前に、ブルシャの生息地に辿り着いていたという可能性はないだろうか。

　学はイネスに導かれて地下室に下り、始祖の日記を読んでいる。また、亡くなるまでの一年ほどは、駆け落ち先のジャングルで暮らしていた。フィールドワークでジャングルにも精通していたと思われるし、なによりも植物学者なのだから、植物の生態に詳しかったはずだ。イネスは身重だったけれど、学はマラリアで倒れるまでは健康だった。

考えれば考えるほど、公算が高い気がしてきた。

自分が学なら、こんな絶好のチャンスを逃す手はない。毎日密林に入ってブルシャを探しまくる。探し回って、亡くなるまでのあいだにブルシャに辿り着いていた可能性は……ある！

仮に、学がブルシャの生息地を見つけており、そこに至る道筋を書き残していたとしたら、すごい手がかりだ。

（なんでいままでこのことに気がつかなかったんだ！）

自分の愚かさに対する苛立ちと、状況を一変させる可能性に思い当たった興奮とで、おかしなテンションになりながらも、鏑木に自分の説を話した。

「もしも父の遺品が存在したら、ブルシャについて書き残したものも含まれているかもしれない」

その希望を口にすると、鏑木が昂りを抑え込むような低い声で、『遺品について、ご両親と話したことは？』と訊《き》いてくる。

「ないけど……俺が物心ついた頃は、すでにイネスと学の没後時間が経っていたから、父さんも母さんも遺品の存在を忘れていたのかも……」

『ありうるな。遺品の件、ご両親に確かめることはできるか？』

「できる」

請け合ってから腕時計を確認し、「今日はもう遅いから、明日の朝一番で電話してみるよ」と告げた。

『頼む。結果がわかったら連絡してくれ』

「了解」

『長くなってしまったな。おまえは明日もあるし、そろそろ寝たほうがいい』

「……うん」

ガブリエルに関する新たな情報を得られたせいか、鏑木とたくさん話せたせいか、はたまたブルシャ関連で小さな希望が見えてきたせいか、満ち足りた心持ちで蓮はうなずく。

『最後に、くどいのは承知でもう一度言わせてくれ。ガブリエルには絶対に気を許すな』

釘を刺す鏑木に「わかっているよ」と答えた。

『おやすみ、蓮。いい夢を』

「鏑木も……いい夢を。おやすみ」

挨拶のあとで携帯の角に小さくキスをして、蓮は通話を終了した。


翌朝は、執事のロペスに頼んでおいた起床時間の七時より早く目が覚めた。眠りが浅かったのは、おそらく、昨夜からの興奮を引き摺っているせいだ。

足元のフットベンチでまだ丸まっているエルバを起こさないよう、寝台からそうっと起き上がってガウンを羽織る。腰紐《こしひも》を縛ってから、枕の横の携帯を手に取った。ホーム画面に表示されている時刻は六時三十五分。

（たぶん、もう起きている）

ジャングルで暮らしていた頃、育ての両親は日の出と共に起きていた。自給自足の生活を送っていたため、やらなければならないことが山ほどあったからだ。朝食を作るには火を熾《おこ》さなければならず、竈《かまど》には薪《まき》が必要だ。薪割りは父の仕事で、食事作りは母の担当。自分と兄のアンドレも、起こされるとすぐに身支度をして、父と母の手伝いをしたものだった。

電気もガスも水道もない——不便といえば不便な生活だったが、いま振り返っても、楽しかった思い出しかない。

現在、育ての両親とアンドレはジャングルを離れ、エストラニオ第三の地方都市にいる。

両親はその都市の郊外で珈琲農園《コーヒーのうえん》を営み、アンドレは大学の医学部で学んでいる。郊外から都市の中心部にある大学には通えなかったので、アンドレは大学の寮に入った。両親は二人暮らしになったが、農園のスタッフが近くに住んでいるので寂しくはないようだ。

規模が大きくなるにつれて、たくさんのスタッフを抱えるようになった農園の朝も、また早いと聞いている。

寝室から主室に移動した蓮は、【アロルドとナタリア】の名前で登録してあるナンバーをタップして、携帯を耳に当てた。コール音が鳴り響き、やがてブツッと回線が繋がる。

『レン？　レンなの⁉』

懐《なつ》かしい母の声が鼓膜に届いた瞬間、なんだか泣きそうになった。

定期的にメールや手紙のやりとりはしているが、考えてみれば電話で話をするのはかなりひさしぶりだ。蓮自身いろいろあって電話ができなかったのもあるが、向こうからかけてくることもなかった。きっと忙しいだろうと気遣って、遠慮していたに違いない。

声を聞くのもひさしぶりだが、そもそも育ての親と兄とは、ジャングルで別れて以来、一度も会えていなかった。

祖父のグスタヴォが、蓮に里心がつくのを厭《いと》い、会うのを禁止したためだ。

祖父が亡くなってからは、シウヴァの当主という重責が双肩にのし掛かってきて、精神的にも物理的にも余裕がなかった。

いや、でもそれは言い訳かもしれない。

(恋を知って、鏑木の側をひとときも離れたくなかっただけで……)

自分のエゴで、育ての両親と兄に不義理をしている。そう思ったら急激に胸が苦しくなった。

「母さん……元気？」

『元気よ……父さんも元気』

養母のナタリアが、掠《かす》れた涙声で答える。

『シウヴァのサポートのおかげもあって農園は順調だし、アンドレももうすぐ大学を卒業するし……心から感謝しているわ』

「珈琲豆、いつも美味しく飲んでいる。みんなにもすごく評判がいいよ」

『そう？　それを聞いたら父さんとってても喜ぶわ。アンドレもちょくちょく寮から帰って来るんだけど、家族三人が揃うといつもあんたの話になるのよ。レンはどうしているのかなって……』

「……うん」

湿っぽくなってはいけないと思ったのか、養母が不意に明るい声を出す。

『たまにね、新聞や雑誌にあんたの写真が載っていると父さんと二人で切り抜いて、ボードにピンで留めたり、スクラップブックに貼ったりしている。父さんは「俺の息子なんだ。立派だろう?」なんて農園のみんなに自慢して』

「本当?」

『本当よ。あんたが添付してくれた写真も大事に保存して、ことあるごとに携帯を眺めている。私は毎晩、レンに神様のご加護があるよう祈っているわ』

「……俺も、母さんからもらった十字架で毎晩お祈りしているよ。父さんと母さん、アンドレが元気で過ごせますようにって」

『まあ……レン』

声を詰まらせた養母の、洟《はな》を啜《すす》る音が聞こえた。蓮もこっそり眦《まなじり》の涙を拭う。

ほどなくして養母が、気を取り直すように、『なにか用があったんじゃないの?』と尋ねてきた。その問いかけで、現実に引き戻される。ロペスが起こしに来るまで、あと十五分しかない。彼には電話の内容を聞かれたくなかった。

「あ……うん。ちょっと訊きたいことがあって電話したんだ。俺の父親に関してなんだけど」

『マナブのこと?』

「そう。彼の遺品とかって残ってないかな?」

『遺品……?』

しばらく記憶を探っている様子だった養母が、『覚えてないわ』と言った。

「……そっか」

そんなにうまい話は転がっていない……か。

勝手に盛り上がっていただけに失望も大きい。

露骨にがっかりしていると、かわいそうに思ったのか、養母が『父さんが覚えているかもしれないわ。訊いてくるからちょっと待っていて』と言い置き、電話口を離れた。

かろうじて希望の糸が繋がった。

保留音を耳に、トクトクトクという心臓の鼓動を意識しながら待つ。

かなり待たされたあとで保留音が途切れ、養母に代わって養父のアロルドの声が『レン』と呼んだ。

「父さん！」

『ひさしぶりだな。声が聞けてうれしいよ』

「しばらくぶりになっちゃってごめん……」

『いやいや、おまえが忙しいのはわかっている。シウヴァの当主としての役割を立派に務めているのは、新聞やニュースでいつも見ている。おまえは私たちの誇りだよ、レン』

「……父さん」

また泣きそうになる。目が赤いとロペスに心配されるとわかっていたが、涙の膜が張るのは我慢できなかった。

『マナブの件で電話をくれたそうだな』

「うん、そうなんだ」

『母さんに言われて思い出してみたんだが、確かマナブが遺したノートのようなものがあったはずだ』

(ノートがあった！)

興奮のあまりに、叫びかける。歓声をあげたい衝動をぐっと堪《こら》え、「そのノートって、いまどこにある？」と尋ねた。養父が遠い記憶を呼び覚ますような声で『そうだな……』とつぶやく。

『ジャングルからここに移ってきた際に処分した覚えはないから、この家のどこかにあると思う。探してみるよ』

「ありがとう、父さん！」

『本来はマナブの息子であるおまえが受け継ぐべきものだ。おまえがシウヴァに戻る時、渡さなければならなかったのに……悪かった』

「そんなことぜんぜん構わない。もしノートが見つかったら、こっちに送ってくれるかな？」

『もちろんだ。見つかったらすぐに連絡する』

約束してくれた養父に「じゃあ、また近いうちに」と告げ、蓮は通話を切った。

急いで寝室に戻ると、ちょうどそのタイミングで主室のドアが開く音がする。紅茶セットを載せたワゴンを押して寝室に入って来たロペスが、寝台の脇に立っている蓮に軽く目を瞠《みは》った。

「おや、今朝はもうお目覚めでしたか」

「うん、少し早く目が覚めちゃって」

「さようでございましたか」

ロペスがカーテンを開け、寝室が明るくなる。それを合図に、フットベンチのエルバがクアーッとあくびをした。

ルーティンな一日の始まりだ。

ロペスが淹《い》れてくれた熱い紅茶を飲みながら、蓮は学のノートの件を一刻も早く鏑木にメールしなければと、そればかりを考えていた。

翌日の夜には養父のアロルドから、【マナブの遺品が見つかった】とメールがきた。添付の写真に、古びたノートが二冊写っている。

【すぐに送る手配をする】

（やった！）

なにしろ十八年以上も前のノートだ。なんらかの理由で紛失している可能性も充分あったので、無事発見の報に心から安堵した。

【探してくれてありがとう。発送の手配をお願いします】

養父にそうレスポンスをして、流れで鏑木にもメールをする。

【父の遺品のノートが二冊見つかった。父さんが郵送してくれるとのこと】

鏑木も報告を待ちわびていたのか、折り返しで【見つかってよかった。二冊のノートにブルシャについての記述があることを祈ろう】というレスがきた。

メールの文面を見て気がつく。

ノートが実在したからといって、ブルシャについて書かれているかどうかはわからない。ただの日記かもしれないし、研究ノートだったとしても、父がブルシャに辿り着いていたかどうかは現時点で不明だ。この目でノートを見てみなければ、なにもわからないのだ。

早く実物を見たい。ノートの内容を確かめたい。

その瞬間から、蓮の頭の片隅に、二冊のノートが居座るようになった。

ブルシャの件は無論のこと、亡き父の遺品ということも、蓮にとっては大きかった。

父の学に関して自分が知っているのは、日本人であること、植物学者であったこと、地球の裏側からやって来て、未開のジャングルを何度も探索するほどに、自身の研究対象であったブルシャに情熱を傾けていたこと——くらいだ。実際に交流のあった鏑木から、人となりも聞いていたが、あまりぴんと来なくて、どこか他人事《ひとごと》のように感じていた。

だけど、父の直筆や、書き残した文章を読めば、少しは彼のことがわかるかもしれない。

そういった意味でも、ノートの到着が待ち遠しかった。

添付してもらったノートの写真を何度も眺め、首を長くして到着を待っていたが、待ち焦《こ》がれた荷物はなかなか届かない。

蓮宛ての郵便物や荷物があれば、毎朝ロペスが新聞と一緒に持って来てくれる。だが、三日を過ぎても養父からの荷物は届かなかった。養父は実直な人だから、自分が頼んだことはすぐに実行するはずだ。父の遺品だって、忙しい農園の仕事の合間に時間を作り、翌日の夜には探し出してくれた。

あの養父に限って、約束事をいい加減に放置するなんてことはあり得ない。

むしろ問題は、エストラニオの郵便事情だ。これはほかの南米諸国の例に漏れず、決して確実とはいえなかった。郵便物が途中で紛失したり、二日で届くはずが一ヶ月かかったり……といった事例には事欠かない。改善しようという動きはあるが、財源不足もあって国民も半ば諦《あきら》めている状況だ。

この段になって、蓮は自分の選択を悔やみ始めていた。送ってもらうのではなく、誰か信用できる人間を養父母の家に使いに出し、ここまでノートを手持ちで運ばせればよかった。そうすれば確実だったのに。

後悔しても手遅れだ。

(どうしよう)

念のため、養父に発送したかどうかを確かめようか。でも、すでに発送済みだったとして、その荷物が途中で行方不明になった可能性があると知ったら、養父は自責の念に駆られてしまうかもしれない。

遺品という唯一無二の、取り替えのきかないものだからこそ。

わざわざ探して送ってくれたのに、それは申し訳なかった。

もう一日待ってみよう。明日こそ届くかもしれない。

そう思ってもう一日待ってみたが、届かないままに土曜が終わった。日曜は郵便の配達はない。

さすがに国内で、ここまで時間がかかることはないだろう。

これは、いよいよ紛失案件かもしれない……。

日曜の朝、蓮はどんよりとした気分で目覚めた。ノートの件が気にかかって、ここ数日眠りが浅いせいか、起き抜けから胃が重苦しい。

鏑木からも毎日【届いたか？】と確認のメールが届き、そのたび【まだ届いてない】と返信するのも、プレッシャーとなっていた。

週明けに養父に連絡を取り、どういった梱包形態で荷物を発送したのかを聞いて、郵便局に問い合わせをしよう。紛失が決定的になるかもしれないが、いまのような宙ぶらりんな心情でいるよりかはいくらかマシだ。

自分に言い聞かせながらシャワーを浴び、身支度をした。

日曜日はこのところ、別館からソフィアとアナ母娘、ガブリエルがやってきて、ジンも加えた総勢五人でランチを摂《と》るのが恒例になっている。

ソフィアやアナ、ジンと食事をするのは楽しいし、ジャングルを彷彿《ほうふつ》とさせる緑豊かな中庭『パーム・ガーデン』でゆったりとくつろぐ時間は貴重だ。

だが最近は、ガブリエルの存在が心の重石となっていた。ソフィアとアナが、ガブリエルと仲睦まじくしているのを間近で見るのが辛い。

本当は、ガブリエルが二人を愛してなどいないと知っているから。

二人に向ける愛情の籠《こ》もった眼差しが嘘っぱちだとわかっているから。

そんな状況下では、ジンが唯一の救いだ。事情を知っているジンは、蓮の心情を慮《おもんぱか》り、様々な話題を振ってくれる。ジンは盛り上げ上手なので、彼の話で気が紛れることも多かった。

しかし今日はノートの件もあって、ジンの話術をもってしても気が晴れなかった。

「レンお兄ちゃま、どうしたの？　さっきから珈琲ばかり飲んでいるけれど」

睡眠不足も祟《たた》って食が進まず、皿に手をつけずに珈琲と水ばかり飲んでいたら、アナに指摘されてしまった。いつも思うのだが、アナは周囲の様子を見ていないようでしっかり見ている。

ちょっと前まで〝おしゃまなレディ〟という形容詞がぴったりだったのに、このところ急に大人びて、本物のレディの片鱗《へんりん》を感じさせるようになった。それと同時に顔立ちが、彼女の伯母にあたるイネスに似てきた。

蓮自身もイネスの面影があるとよく言われるが、亜麻色の髪と碧の目を持つアナのほうが、同じ女性というのもあってやはり似ている。

「あら、本当。ぜんぜん食べてないわね」

娘の指摘で蓮の少食に気がついたソフィアも、皿を覗き込んできた。

「なんとなく胃の調子がよくなくて」

「疲れているのかしら。忙しすぎるんじゃない？　大丈夫？」

ソフィアの問いかけに、蓮に代わって答えたのはガブリエルだ。

「カーニバルが近いからね」

籐の椅子に腰掛け、優雅な手つきで冷えたシャブリを口許に運びつつ、美貌の男が継いだ。

「今年はシウヴァがメインスポンサーだから、当主のレンにプレッシャーがかかってしまうのは仕方がない。カーニバルが終了するまでしばらくの辛抱だ」

ソフィアが隣席の婚約者のほうを向き、「レンのフォローをお願いね」と頼む。

「もちろんだよ。レンはきみとアナにとって大切な身内だ。ということは、私にとっても大切な身内ということになる。レンのための尽力は惜しまないつもりだ」

端整な唇で囁《ささや》く婚約者を、うっとりと見つめるソフィアから、蓮は目を逸らした。

「レンお兄ちゃまのこと、支えてあげてね。私、早く大人になりたい。そうしたら、シウヴァの一員としてお兄ちゃまのサポートができるのに」

「アナはいまでも充分、レンの心の支えになっているよ」

「そうよ、アナ。レンのことはガブリエルに任せておけば大丈夫。あなたは自分のやるべきこと……学業やボランティアをがんばればいいのよ」

母娘とガブリエルの会話を聞いているうちに、いよいよ気分が滅入ってくる。蓮はカップに手を伸ばし、残っていた液体を流し込んだ。珈琲の飲み過ぎは胃に負担をかけるとわかっていたが、無性に刺激物が欲しかった。

「レン、もう食わないなら、ビリヤードしようぜ」

親友の苦境を見かねたのか、ジンが横合いから誘いをかけてくる。

「ああ……うん」

救いの手を差し伸べられてほっとした。この場を離れられるなら、なんでもいい。

「そうだな。ひさしぶりにやろうか」

気を取り直してそう応じたところで、「いいね。私も参加していいかい?」と声がかかった。

こめかみがぴくりと引《ひ》き攣《つ》る。顔を強ばらせて固まる蓮に、正面からガブリエルがにっこりと微笑みかけてきた。

「お手合わせ願いたい。いいだろう、レン？」

底知れぬ青い瞳でまっすぐ見つめられ、ドクンと心臓が大きく脈打つ。それが呼び水になったかのように、胃が急激にムカムカして、不快感が込み上げてきた。

（……吐き出したい）

吐き出してしまいたい。

あっという間に喉元まで迫《せ》り上《あ》がってきた強烈な欲求に、唇がわなわなと震えた。

言ってしまいたい。ソフィアとアナの前で言ってしまいたい。

膝の上の手がぶるぶる震え、首の後ろがじわっと噴き出した冷たい汗で濡れた。

「レン……？」

異変を感じたらしいジンが、かすかに緊迫した声で呼ぶ。

「どうした？　大丈夫か？」

アナとソフィアも、様子がおかしいと気がついたようだ。怪訝《けげん》そうな表情でこちらを見ている。

平然としているのは、正面のガブリエルだけだ。整った白い貌《かお》はフラットで、冷たいサファイアブルーの目は、蓮の反応を冷静に見極めようとしている。

椅子を蹴って立ち上がり、その取り澄ました顔に指を突きつけ、糾弾できたらどんなにすっきりするだろう。

こいつは裏切り者だ。マフィアのボスなんだ！　どんなに人を傷つけても平気なモンスターなんだ！

そう叫べたら、ずっと胃の底に居座っているムカムカがきれいさっぱり消えるはずだ。

言いたい。言ってしまいたい。

駄目だ。落ち着け。堪えろ。

頭のどこかで、相対する二人の自分が闘っている。

そんなことをしたら全部終わるぞ。アナとソフィアは、愛する者を攻撃した自分に不信感を抱く。

せっかくこれまで耐えてきたのに……鏑木やジンの苦労だって水の泡だ。

そんなのわかっている。でももう限界だ。

(限界なんだ……！)

視線の先のガブリエルが、ふっと唇の片端で笑った。

「………っ」

こちらの葛藤を見透かし、嘲笑うような笑みを見た瞬間、心臓がふたたびドクンと大きく脈打った。火にくるまれたみたいに全身がカーッと熱くなり、脳裏が白く霞《かす》む。

ぎゅっと奥歯を噛み締めてから、蓮はカラカラに渇いた喉を開いた。

「……っ……」

掠れた声を発しようとした――直後。

「レン様！」

誰かに名前を呼ばれ、蓮ははっと我に返った。

(俺……いま……なにを言おうとした？)

パチパチと忙しく瞬《まばた》きをして、ふっと息を吐く。がちがちに強ばっていた体から力が抜けた。

張り詰めて滞っていた空気が流れ出し、場の緊張が解ける。ソフィアとアナもほっとしているのがわかった。事情はわからないまでも、蓮の態度になんらかの異変を感じていたのだろう。

「レン様」

もう一度、今度は間近で名前を呼ばれ、蓮は振り返った。いつの間にかロペスが斜め後ろに立っている。皺深《しわぶか》い顔は、ベテラン執事に似つかわしくなく、ややあわてているように見えた。

「ロペス……どうした？」

「お客様でございます」

急いた口調で告げられる。

「客？」

今日は来客の予定はなかったはずだ。数少ないオフである日曜は、極力アポイントメントは入れないようにしている。

「誰だ？」

訝しげに問うた。

「アンドレ様でございます」

名前を言われても、すぐには誰だかわからなかった。

「アンドレ？」

「ジャングルでレン様とご一緒にお育ちになった……お兄様の」

ロペスが説明する。

「え？　ジャングル？……って、あのアンドレ⁉」

思わず大きな声が出た。

「はい。レン様にお届け物があって来館されたとの御用向きです。突然で申し訳ないと恐縮されておられます」

いまだ半信半疑ではあったものの、蓮は椅子を引いて立ち上がった。

「アンドレはどこに？」

「エントランスホールでお待ちです」

「わかった。いま行く」

Ⅳ

パーム・ガーデンでは食事を続けてもらうことにして、蓮《れん》はロペスと連れだってエントランスホールへ向かった。

（アンドレが来ている？）

ロペスが嘘をつく理由はないし、そう言うからには本当なのだろうが、にわかには信じられない。

ジャングルで別れたきりだから、八年ぶり？……いや、もっと会っていない。

あの時は、「とりあえず一回お祖父《じい》さんに会ってみて、気が合わなかったらすぐ帰る」つもりだったから、まさかそのまま家族と会えなくなるなんて、ゆめゆめ思いもしなかった。

それでも、家族と一日以上離れたことがなかった自分は、生まれ育ったジャングルを離れるのが心細く、とにかく不安で……。

当時の胸が締めつけられるような覚束《おぼつか》ない心情を思い出し、それをきっかけにして、別れのシーンが脳裏にまざまざと蘇ってくる。

ヘリコプターの窓に張りつき、眼下の家族とエルバを見た。

――父さん！　母さん！　アンドレ！　エルバ！

見送る家族に必死に手を振る。家族も手を振り返してくれる。やがて養母が顔を覆って泣き崩れ、養父が後ろから肩を抱いた。アンドレは頭の上に挙げた両手を振り続けている。エルバの悲しげな咆吼《ほうこう》がヘリコプターのブレード音に掻き消され——。

どんどんどんどん小さくなっていって、いつしか見えなくなった家族とエルバの代わりに、視界一面に広がったのは密林の緑。

初めて上空から見下ろしたジャングルの圧倒的な大きさに打ちのめされ、人間はなんてちっぽけなんだと思ったっけ……。

五月雨式に、その時の自分の気持ちと目に映った風景を思い出しながら、ロペスの後ろを歩いて、エントランスホールに辿り着く。

天井の高い空間の出入り口に立つと、来客用のソファセットに一人の男性が腰掛けているのが見えた。白いシャツにカーキのチノパンツというコーディネイトで、足元はライトグレイのスニーカー。バックパックを体の横に置いた、青年と言っていい年頃の男性だ。

（アンドレ？）

名前を呼んだつもりだったが、実際には口がぱくぱく開閉しただけで、声になっていなかった。

蓮の視線に気がついたのか、彼がこちらを見て、すっくと立ち上がる。肩幅が広く、胸に厚みがあるがっしりとした体形は養父に似ているが、小柄だった養父と異なり上背がある。

まっすぐこちらを見ている彼に向かい、蓮は歩き出した。一歩ごとに鼓動が速くなっていく。

距離が縮むにつれ、青年のルックスがはっきりしてきた。

白いシャツの胸元や捲《まく》った袖から覗く褐色の肌。軽くウエーブがかかった漆黒の髪。濃くて太い眉と、それに負けない二重の大きな目。すっきり通った鼻筋。肉感的な唇。ワイルドさと甘さがミックスした顔の造作は、「若い頃は近隣で一番の美人だったんだぞ」と養父が自慢していた養母似かもしれない。

黒々とした瞳が、蓮を間近に捉えた刹那《せつな》、キラキラと輝いた。

「レン……？」

こくりとうなずき、今度は蓮が「アンドレ？」と尋ねる。

「ああ……俺だよ」

電話で声は聞いていたけれど、生で聞くと印象が違った。養父の声をうんと若くして、張りとみずみずしさを足した感じだ。

「レン……」

愛おしげな声で自分の名前を呼んだ青年が、眩しそうに目を細めた瞬間、胸の奥からぶわっと熱い感情が溢れ出してきた。

本物だ。本物のアンドレだ！

堰《せき》を切った激情に背中を押され、蓮は兄に抱きつく。

「アンドレッ」

「レンッ」

アンドレも飛びついた蓮をしっかりと抱き留め、長いブランクを埋めようとするかのように、ぎゅっと抱き締めてきた。抱きついた体は記憶のなかの兄よりずっと逞《たくま》しく、大きくなっていたが、懐《なつ》かしいにおいは変わらない。子供の頃はいつだって一緒だった兄のにおいだ。

同じベッドで眠り、ジャングルで共にエルバと遊び、時に結託していたずらを仕掛け、父さんと母さんに一緒に怒られた——大好きな兄。

自分よりなんでもできて、賢くて、常に何歩も先にいた——自慢の兄。

「会いたかった……兄さんっ……」

蓮が感極まった涙声を出すと、アンドレも「俺も会いたかった……レン」と喉元から声を振り絞った。

ひしと抱き締められ、懐かしいにおいと体温に包まれて、再会の喜びに浸る。

ほどなくして、アンドレが抱擁《ほうよう》を解いた。蓮の顔を覗き込み、感無量といった面持ちで「大きくなったな」とつぶやく。

「村の学校では一番チビだったのに」

「アンドレこそ……父さんよりもずっと背が高くなっている」

もう何年も前に越したよ、と兄が笑った。

「写真や映像でおまえの成長ぶりは知っているつもりだったが、実物を見ればやっぱり驚くな。あのちっちゃかったレンがこんな立派な青年になったなんて」

そんなふうに言われて、少しくすぐったい気持ちになる。

「ぜんぜん立派じゃないよ」

「立派だよ。シウヴァの当主としての務めをしっかりと果たしているのは、俺だって知っている。父さんは『自慢の息子だ』って口癖みたいに言っている。母さんはおまえの話ばかりしているよ。できれば父さんと母さんにも会わせてやりたかった……」

切なそうに目を細めるアンドレに、「二人は？」と尋ねた。

「農場を空けるのが難しくて、今回は俺だけ来たんだ」

その話を聞いて、蓮は根本的な疑問に立ち返る。アンドレとの再会の喜びですっかり頭から吹き飛んでしまっていたが、そもそもなぜ突然自分を訪ねてきたのか。ジャングルでの別れから八年以上、一度も訪ねてこなかったのに……。

「アンドレ……今日はどうして？」

蓮の問いかけに、眉尻を下げたアンドレが「突然ですまなかった」と謝る。

「謝らないで。訪ねてきてくれてすごくうれしい。でも、なにかあったのかなって」

「ああ、実は父さんと母さんから、おまえに渡すものを預かってきたんだ」

そう答えたアンドレが、ソファに引き返して、バックパックのフロントポケットのファスナーを開いた。なかから取り出したワックスペーパーバッグを手に持ち、バックパックを肩にかけて戻って来る。

「これだ」

受け取った蓮は、ワックスペーパーバッグの口を開き、中身を覗き込んだ。緩衝材に包まれた二冊のノートが入っている。

「……っ……これって！」

顔を振り上げると、アンドレが「おまえの亡くなったお父さんの遺品だそうだ」と言った。

(甲斐谷学《かいやまなぶ》のノート！)

すぐにノートを検《あらた》めたい衝動に駆られたが、アンドレの手前、ぐっと堪《こら》える。

「大学の休みで実家に戻ったら、父さんがおまえに頼まれたノートを郵送する準備をしていたんだ。聞けば、おまえの亡くなったお父さんが遺したノートだと言うじゃないか。だが、おまえも知ってのとおり、エストラニオの郵便事情は万全とは言い難い。遺品は唯一無二のものだ。途中で行方不明になっても替えが利《き》かない。だから郵送はやめたほうがいいと、父さんを止めたんだ」

待てど暮らせど荷物が届かなかったのは、そもそも発送されていなかったからだったのだ。

さすがはアンドレだ。蓮は賢明な判断に感謝した。もし郵送されていたら、今頃、世界の裏側で行方不明になっていた可能性も否めない。

「父さんは責任感が強いから、はじめは『だったら自分がレンのところに持っていく』と言っていたんだ。でも繁忙期とスタッフの病気が重なって、農場を空けるのが難しくなった。その点、俺は大学が休みだ。俺が持っていくのがベストなんじゃないかと話がまとまり、今日ここに至るというわけだ」

「……そうだったんだ」

アンドレの説明を聞いて、疑問の九割方は解消された。だが、まだ一つ謎が残っている。

「事前に連絡をくれなかったのは?」

「おまえを驚かせたかったんだ」

いたずらっ子みたいな顔で、アンドレが答えを明かす。そんな顔をすると昔の兄のまんまで、蓮は思わず笑い出した。

「サプライズのため?　俺が留守だったらどうするんだよ」

「日曜に着けば会えると思っていた」

「まあそうだけど……」

意外と大胆なところも変わっていない。

「とにかく、わざわざ持ってきてくれてありがとう。本当に助かった」

大切なノートが入ったペーパーバッグを胸に抱き締め、心からの感謝を口にする。

「どういたしまして。遺品を届けるのは口実で、実のところはおまえに会いたかったんだ。こういったエクスキューズでもなければ、ここには来られないからな」

「え？　どうして？」

聞き返すと、アンドレが肩をすくめた。

「そうおいそれとはシウヴァのお屋敷を訪問できるもんじゃない。物理的な距離もあるが、俺たちからすれば、シウヴァは雲の上の存在だ」

「そんなことないのに……」

来てくれたら、いつだって諸手を挙げて歓迎するのに。

アンドレがそんなふうに考えていたと知ってショックだった。

両親もそう思っているのだろうか。

確かに祖父が生きていた頃は、育ての両親と兄と会うこと自体を禁じられていた。蓮の口からはっきり告げたことはなかったけれど、賢い彼らはシウヴァの意向を感じ取っていたのだろう。

そういった過去の経緯を顧みれば、いまでも敷居が高いと思われていても仕方がない。

そして、もしそう思っているのならば――向こうから会いに来づらいのならば――本来はこちらから養父母のもとへ赴くべきだった……。

多忙を理由にそうしなかった自分を責めていたら、それを察したのか、アンドレが話題を変えた。

「エルバは元気か？」

「元気だよ。昔と変わらず、いまも俺を助けてくれている」

「そうか……それはよかった」

深々とうなずく顔には、かすかな安堵が滲《にじ》んでいる。

（そういえば）

ハヴィーナに来て二ヶ月が過ぎた頃、ホームシックになった蓮のために、鏑木《かぶらぎ》がエルバをジャングルまで引き取りに行った。その際、アンドレは『自分がレンに頼まれたから』と言って、なかなか首を縦に振らなかったと聞いた。

だが、日に日に元気をなくしていくエルバの姿に、蓮の側に行くことで双方が元気を取り戻すことができるのならばと、最終的には許可してくれたという話だった。

「あとでエルバにも会ってやって。きっとすごく喜ぶよ」

「ああ、ひさしぶりに会いたいな」

「今日は泊まっていけるんだろう？」

「そうだな……邪魔でなければ」

アンドレが慎重な物言いをする。

「邪魔なわけないだろ？」

少しだけ怒った声を出した蓮は、「みんな大歓迎だよ。なあ、ロペス」と、背後に控える執事に同意を求めた。長いブランクを経て再会を果たした〝兄と弟〟の語らいを、にこやかに見守っていたロペスが、「もちろんでございます」と応じる。

「アンドレ、ロペスだ。『パラチオ　デ　シウヴァ』の執事で、俺の身の回りの世話をしてくれている」

紹介を受けて、ロペスが進み出た。

「アンドレ様、ロペスでございます」

「さっき軽く挨拶はさせてもらったけど……改めまして、レンがいつもお世話になっています」

「滅相もないことでございます。——アンドレ様のご滞在中、御用向きがございましたら、このロペスになんなりとお申しつけくださいませ」

そう申し出るロペスに、蓮はただちに指示を出す。

「ロペス、アンドレの部屋を用意してくれ」

「かしこまりました。アンドレ様、よろしければお荷物をお預かりいたしますが」

「大丈夫です。荷物はこれだけなんで」

アンドレが肩にかけたバックパックを顎《あご》で示し、蓮には、「大学が長期の休みの時は、いつもこれ一つでどこへでも行くんだ」と説明した。

「バックパッカーみたいに？」

「そうそう。こいつを相棒にして、世界のいろんな国を回ったよ。アジア、ヨーロッパ、アフリカ……」

「へえ、その話聞きたい」

「――では、私はお先に失礼いたします」

断りを入れて立ち去っていくロペスを見送っていたアンドレが、蓮を振り返った。その顔には少しばかり複雑な色が浮かんでいる。

「本当にシウヴァの当主なんだな」

「どういうこと？」

「いや……さっき年配の執事さんに、おまえが指示を出しているのを見て実感した」

「…………」

とっさに、どう反応していいかわからなかった。

ロペスや『パラチオ　デ　シウヴァ』の使用人たち、秘書やボディガード、自分の周囲にいるスタッフに、みずからの意思を伝えて彼らを動かすことは、ここで生活する上で、いつしか当たり前になっていた。

相手が自分の命令どおりに動くのは、あえて意識しないほどに、ごく普通のことで……。

だけど、アンドレに言われて気がついた。

これは普通じゃない。すごく特別なことなんだ。

たかだか十八歳の自分に、七十歳を過ぎたロペスが服従するなんて、通常はあり得ないことなのだ。

ジャングルでの生活を忘れていないつもりだった。

人に傅《かしず》かれて当然だと思ってしまってはいけないと、みずからを戒めているつもりだった。

できることはなるべく、自分でやっているつもりだった。

自分はジャングルにいた頃となにも変わっていない。都会に慣れきってなどいない。

思い上がってなどいない——そう思っていた。

でも、いまアンドレの目に映っている自分は、たぶん昔の自分と違う。

いつの間にか、知《し》らず識《し》らずのうちに、変わってしまっていた？

アンドレや育ての両親が、壁を感じるのも当然なのかもしれない……。

兄のなにげない一言によって、自分の無意識の変化に思い当たり、ぎゅっと奥歯を嚙み締めていると、

「レン？」と呼ばれた。アンドレが訝《いぶか》しげな表情でこちらを見ている。

（いけない）

わざわざ父の遺品を届けてくれたアンドレを置き去りにして、内省している場合じゃなかった。

「ああ……ごめん」

蓮はあわてて笑顔を作る。

「ロペスが部屋の準備をしているあいだに、屋敷のみんなに紹介したいんだけど、いいかな？」


「レン、そちらは？」

蓮がアンドレを伴い、先程までランチを摂《と》っていたパーム・ガーデンに戻ると、いち早く客人に気がついたガブリエルが声をかけてきた。

「ジャングルで兄弟同然に育ったアンドレ。休暇を利用して会いに来てくれたんだ」

蓮の紹介に応じる形で、礼儀正しく、かつさわやかに、アンドレが挨拶をする。

「皆さん、はじめまして。ご歓談の場にお邪魔してすみません」

「アンドレ、紹介するよ。義理の叔母のソフィア、ソフィアの婚約者のガブリエル、ソフィアと亡くなった叔父の娘で従妹《いとこ》のアナ・クララ。それから俺の友人で『パラチオ　デ　シウヴァ』の住人でもあるジン」

「まあ、あなたがアンドレなの？　お噂はかねがね……ハンサムなお兄さんね。レンと血の繋がりはないのに、兄弟揃って美形だわ」

そんなふうにアンドレを褒《ほ》めて、ソフィアが微笑んだ。

「私はご両親の作る珈琲豆《コーヒーまめ》の大ファンなの」

「ありがとうございます、ソフィア。両親にも伝えます」

アンドレがうれしそうに微笑み返す。

「はじめまして、アンドレ。レンのお兄さんに会えるなんて光栄だ。学生さんかな？」

ガブリエルの質問には、「はい、大学生です」と答えた。

「アンドレは医学部に通っているんだ。昔からすごく頭がよくて、成績も村で一番だったから、医者になるって聞いた時も驚かなかった」

自分のことのように自慢する蓮に、アンドレが「レン」と困った表情をする。

「頭がよくて顔もよくてさわやかで。さすがレンの兄貴だけのことはあるな。それだけ揃ってたら、大学でもモテモテなんじゃないの？　恋人は？」

いきなりぶしつけな質問をぶつけてくるジンにも、アンドレはいやな顔一つ見せず、「いません」と正直に答えた。

ジンの言うとおり、すごくモテそうなのに、彼女はいないのか。

意外……と思った次の瞬間、蓮は視界の隅に映り込んだアナの表情の変化に驚いた。みるみる顔つきが明るくなったのだ。

（アナ……？）

「こんなにハンサムなのに、ガールフレンドがいないなんてもったいないわ。きっととっても理想が高いのね」

ソフィアの追及に、アンドレが「そういうわけではないんですが……」と頭を掻く。

そのあいだも、アナはアンドレにうっとりとした眼差しを向けていた。

ほんのり上気した頬と、熱を帯びてキラキラと輝く碧《みどり》の瞳。これまで見てきたどのアナとも違う。最近大人びてきたと思っていたけれど、この数分間で、また一気に少女からレディにステップアップしたかのような――。

熱っぽい視線に気がついたアンドレが、アナのほうを見てにこっと笑う。アンドレに他意はないのだと思うが、アナは自分に向けられた笑顔に真っ赤になった。

俯《うつむ》いて、膝の上のナプキンをいじり始める。

普段の彼女ならば、好奇心の趣くまま、客人にあれこれと質問を投げかけるはずだ。基本アナは明るく、人見知りなどしない。それがアンドレを前にして、一言も言葉を発することなく、もじもじしている。

「あら……」

やっとそんな娘の様子に気がついたらしいソフィアが、蓮に視線を寄越した。〝そういうこと？〟と目で問いかけられ、〝たぶん〟とうなずく。

どうやら、アナはアンドレに一目惚れしたようだ。

まあ、そうなるのも理解できる。ガブリエルが常に側にいるので、美形に対して免疫はあるはずだが、アンドレはそれとはまたタイプが違う。

艶《つや》やかな黒髪、エキゾティックな褐色の肌と白い歯。笑顔がさわやかで、精悍《せいかん》な体つきはエネルギーに満ち溢れている。好意を抱くなというほうが無理だろう。

ジンも気がついたらしく、にやにやしている。

「お座りになりません？」

ソフィアが、娘のためにアンドレに誘いをかけた。

「大学のこととか、いろいろとお話を聞きたいわ。ね？　アナ」

アナがこくっと首を縦に振る。顔はまだ真っ赤だ。

場の空気が、アナの淡い初恋を後押ししようという流れに傾きかけた時だった。一人、空気を読まない男がいた。

「私だけかな？　今日いらっしゃるという話を聞いていなかった」

突然ガブリエルが言い出し、「きみは知っていた？」とソフィアに尋ねる。

「いいえ。聞いていなかったわ」

蓮が事情を説明する前に、横合いからアンドレが答えた。

「レンからの頼まれものを届けに来たんですが、どうせなら驚かせようと思って、あえてアポイントメントを取らずに訪ねてきたんです」

「サプライズね、素敵！」

明るい声を出したソフィアの隣で、ガブリエルが「レンからの頼まれもの？」とひとりごちる。

「一体、なにを頼まれたのかな？」

探るような声音に、ドキッとした。

（やばい！）

遺品のノートの存在をガブリエルに勘づかれてはまずい。

「ああ、それは……」

「そろそろ部屋の用意ができた頃だ」

答えようとするアンドレを、蓮はやや強引に遮った。

「アンドレは移動で疲れているので、また夜にでも」

アナの顔が曇ったが、見なかったことにする。

「まあ、残念。ディナーはご一緒できるのよね？」

確認してくるソフィアに、「泊まるからね」と答えた。蓮の返答を聞いて、アナがほっとした表情を浮かべる。

「じゃあ、夜に。——行こう」

アンドレを促した蓮は、足早にパーム・ガーデンをあとにした。

総勢六名による賑やかなディナー、サロンでのお茶とデセールののち、蓮は自分の部屋にアンドレを誘った。エルバが部屋で待っていると言ったら、アンドレは喜んで誘いに乗ってきた。

結局、昼からずっと誰かしらが側にいて、兄弟水入らずでゆっくり話せていなかった。アンドレの明日の予定はまだ聞いていないが、自分は明朝から業務のアポイントメントが入っている。

遺品のノートを検める時間もなかったので、ひとまず、自室のライティングディスクの、鍵のかかる抽《ひき》斗《だし》に仕舞っておいた。鏑木にもまだ連絡できていない。状況が落ち着いたら電話をしよう——。

「それにしても、すごいご馳走だったな」

大階段を上りながら、先のことをあれこれ算段していると、傍《かたわ》らを歩くアンドレがため息混じりのつぶやきを零した。

「一週間分を一気に食べた気分だ。いつもこんな料理を食べているのか?」

「いや、さすがにここまでのフルコースはないよ。ひさしぶりの来客で、料理長が張り切ったんじゃないかな」

食材や盛りつけも豪華だったが、品数も多く、蓮は食べきれずに残してしまったが、アンドレは完食していた。食欲旺盛なところも好印象だったらしく、アナの目は完全にハート型になっていた。

サロンに移ったところで、みんなが気を利かせて、アンドレの横にアナを座らせた。はじめはガチガチだったアナだが、アンドレが気さくに話しかけてくれたおかげで、少しずつ緊張が解《ほぐ》れてきたようだ。最後のほうは明るい笑い声も立てていた。

頬を紅潮させて相槌《あいづち》を打ったり、目を輝かせて話に聞き入ったりと、幸せそうなアナを見て、蓮もうれしかった。アンドレとはだいぶ年も離れているし、初恋が実るかどうかはわからないが、アナには笑顔でいてもらいたい。

ガブリエルの件があるから、余計にそう思う。

「料理も豪勢だったが、お屋敷自体も本当にすごいな。まるで美術館みたいだ」

日中に屋敷の敷地内はひととおり案内してあったのだが、改めて吹き抜けの装飾や壁の絵画に視線を走らせたアンドレが、感嘆めいた声を発した。

「ヨーロッパを回った時に美術館巡りをしたけど、こんな感じだった」

「俺も初めてここに来た時はそう思ったよ。広すぎて迷子になりそうだったし、石の床とか冷たく感じてなかなか馴染《なじ》めなかった」

「そりゃあ、ジャングルの家とのギャップが激しすぎるもんな」

おかしそうにアンドレが笑う。いまにも崩れ落ちそうな掘っ立て小屋と、『パラチオ　デ　シウヴァ』を脳内で比較したんだろう。

「でも、ジャングルの家もだいぶ立派になったよ」

「ああ、シウヴァが土地を整備して建物のリノベーションもしてくれて、大層立派になったと聞いている。俺はジャングルを出てからは一度も帰っていないんだ。おまえは？」

「俺はまとまった休暇が取れた時に帰っている。といっても、年に二回か三回だけど」

「そうか」

「あ、ここだよ。俺の部屋」

自室に着いたので、蓮はジャケットのポケットから鍵を取り出して解錠した。二枚扉を開けるやいなや、隙間から黒い鼻先がぬっと飛び出してくる。

「グォルウウ……」

「エルバか？」

アンドレが名前を呼ぶと、「フーッ」と荒い鼻息が答えた。扉をグイグイ押して、外に出てこようとするエルバに、蓮は「エルバ、待て」と声をかける。

「いまなかに入るから、いったん退《ひ》いて」

その指示に素直に従い、黒い塊《かたまり》がすっと退いた。

「相変わらず、おまえの言うことは解《わか》るんだな」

アンドレが感心したような声を出す。蓮は「うん」とうなずいて扉を開けた。

「どうぞ、入って」

アンドレが入室し、蓮が扉を閉めて鍵をかけた——直後、待ち構えていたエルバの攻撃《アタック》を受ける。

「うわっ……」

突如飛びかかってきたブラックジャガーに、アンドレが悲鳴をあげた。のしかかられて、床にどしんと尻餅をつく。そのまま前肢で胸を押さえつけられ、仰向けに押し倒された。

「エ、エルバッ……うわあ……」

エルバがアンドレの顔をベロンベロンと舐《な》め始《はじ》める。

「ちょっ……待っ……待てっ……レンッ……助けてくれっ」

「こうなったら俺でも無理だよ。諦《あきら》めて、エルバの気が済むまで受け止めるしかない」

蓮は肩をすくめた。なにしろ兄弟同然に育ったアンドレとの、ひさしぶりの再会だ。エルバが喜びを爆発させてもしょうがない。

「グォルウウ……グルルルゥ」

顔じゅうを舐め尽くしたエルバが、満足したように喉を鳴らし始め、ようやく解放されたアンドレはのろのろと上体を起こした。その顔と髪はよだれでぐっしょり濡れている。

なんとか立ち上がったアンドレが、やや呆然とした面持ちで「……参った」とぼやいた。

「……っ……」

せっかくのハンサムが台無しの――残念な姿に噴き出しそうになるのを堪え、蓮はパウダールームのドアを指さす。

「顔と……髪も洗ってきたほうがいい。あそこがパウダールームだから」

「……借りる」

ドアに向かって歩き出すアンドレの背に、蓮は質問を投げかけた。

「飲み物を用意しておくけどなにがいい？　アルコールもあるよ」

「いや、ワインを呑み過ぎたから水でいい」

「了解」

アンドレが顔と頭を洗っているあいだに、ミニバーのアイスボックスからミネラルウォーターのペットボトルを二本取り出す。両手に持ってソファコーナーまで運び、ローテーブルに置いた。

ほどなく、アンドレがパウダールームから出てくる。

「こっち」

ソファで手招きすると、濡れた髪をタオルで拭《ふ》きながら、歩み寄ってきた。アンドレの後ろを、パウダールームのドアの前で待っていたエルバが追ってくる。

「座って」

蓮が示した自分の横の空きスペースに、アンドレが腰を下ろした。エルバは彼の足元に横たわる。ひときも離れたくないらしい。

「どうぞ」

蓮が勧めたペットボトルを「ありがとう」と言って摑み、アンドレはキャップを捻《ひね》った。水を豪快に流し込んで、ごくごくと喉を鳴らす。蓮もキャップを開け、よく冷えた水を一口飲んだ。

「ふー……」

大きく息を吐いたアンドレが、ペットボトルをローテーブルに置く。その後、体の向きを変え、蓮の顔をじっと見つめてきた。しばらく黒い瞳で見つめてから、ぼそっと低音を落とす。

「なんだか信じられない……」

よく聞き取れなかった蓮は「え？」と聞き返した。

「いまおまえとこうして一緒にいることが……信じられない」

感慨が滲み出るような声音が耳に届いて、急に胸が苦しくなる。

「おまえは……俺たちの手の届かない遠くに行ってしまったと思っていたからな」

切なげに目を細めて、アンドレがつぶやく。

「……アンドレ」

「あの時」

そこでいったん言葉を切り、くっきりと濃い眉をひそめて口を開いた。

「ジャングルに迎えが来て、おまえがシウヴァを選んだ時、俺はその事実が受け入れられなかった。おまえに裏切られたような気分にさえなって……子供だったんだ。十歳で大きな決断をしたおまえのほうがよほど大人だった」

過去の自分を悔いてか、アンドレが顔を歪める。

「無論いまは、おまえが俺の進学や父さんの膝の手術のために、シウヴァに行ったこともわかっている。おまえは家族のために自分が犠牲になることを選んだ」

絞り出された苦しい声に、蓮は首を横に振った。

「違う。俺は犠牲になんか……」

「おまえがジャングルを去ったあと、俺はおまえがすぐに戻ってくると思っていたんだ」

「…………」

そうだ。アンドレは別れの間際にも言っていた。

——すぐ帰ってこいよ。いいな？

それに対して自分も「うん」と答えた。

あの時は、まさかあれきりになるとは思わずに……。

「だが、おまえは帰ってこなかった。時が経ち、俺も自分の認識の甘さを認めざるを得なくなった。シウヴァが、一度手に入れたおまえという跡継ぎを手放すわけがない」

残酷な現実と直面した日を思い起こしているかのように、アンドレが険しい表情で「おまえはもう帰ってこない」と繰り返す。

「だから俺は決めた。絶対におまえの選択を無駄にしないようにしようと。一度は諦めた進学を果たし、大学は医学部に進んだ。その大学もあと半年ほどで卒業になる。卒業後の研修を経て医師免許を取得したら、数年は都会で働いて——実績を積んだのちに、俺は生まれ故郷のジャングルに戻るつもりだ。あの地域一帯はほぼ無医村だから、俺が診療所を開けば、地域医療に貢献できると思っている」

アンドレが医師という道を選んだ理由がわかり、蓮ははっと息を呑んだ。

（生まれ故郷に戻って地域医療に貢献——そうだったのか）

実のところ先程、ジャングルを離れてから一度も戻っていないと聞いて、少し寂しかった。もう密林での生活を忘れてしまったのだろうかとも思った。街は便利だし、都会での生活基盤が確立してしまえば、ジャングルに戻るのが億劫《おっくう》なのもわかる。物理的にもジャングルは遠い。自分は自家用セスナやヘリを使えるが、そうではないアンドレにとってはなおのことだ。

でも、違った。そうじゃなかった。アンドレはジャングルを忘れていなかった。

それどころか、故郷の役に立ちたいと考え、具体的なビジョンを設定して、実行するために日々努力していた。


「すごい……」

全身が熱く痺れ、胸のなかにいろいろな感情が渦巻いて、それしか出てこなかった。もっとたくさん言いたいことがあるのに、うまく言い表せない自分がもどかしい。

「人生の目標を持つことができたのも、おまえのおかげだ。おまえが俺の人生に選択の自由を与えてくれたんだ。心から感謝している。ありがとう、レン」

兄の言葉に、目頭が熱を持ち、鼻腔《びこう》の奥がつーんと痛くなった。

あの時の自分の決断は間違っていなかった——そう認めてもらえたような気がして。

「父さんと母さんも、いまは農園を運営して成功しているが、ゆくゆくは故郷に戻りたいと言っている」

「そうなんだ」

育ての両親にとって、ジャングルは生まれ育った故郷だ。最終的にはそこに戻りたいという気持ちもわかる。

二人の心情に共感した蓮が何度もうなずいていると、アンドレがおもむろに居住まいを正した。背筋をぴんと伸ばし、やや緊張した面持ちで、「レン」と呼ぶ。

「またジャングルで一緒に暮らそう」

にわかには兄の言葉の意味が理解できずに、蓮はじわじわと目を見開いた。

「アンドレ？」

「医師になってジャングルに戻る目処《めど》がついたらおまえを迎えに行く……おまえをシウヴァから取り戻すと心に決めていた。その一念がこれまでの俺を支えてくれた。待つ力を与えてくれたんだ」

一語一句、嚙み締めるように口にする——アンドレの真剣な眼差しは、蓮を見据えて動かない。

いまアンドレは「シウヴァから取り戻す」と言った。

つまり、自分をシウヴァに「奪われた」と思っている？

やはり、祖父がジャングルの家族と会うのを禁じていたことに気がついていたのだ。

そして、おそらくその仕打ちに対して遺恨を抱いている……。

ジャングルの家に帰らなかったのも、シウヴァの手が入った建物だから？

シウヴァが改築した家は、もはや自分たちの家ではないと思っているのか……。

氷入りのカシャッサのグラスを押しつけられたみたいに、背中がひんやり冷たくなる。

フリーズする蓮の手を取り、アンドレが握った。ぎゅっと強く握り締め、「おまえは充分にがんばった」と労《ねぎら》いの言葉をかける。

「俺たちのためなら、これ以上無理をすることはない。もうおまえが家族の犠牲になる必要はないんだ。父さんも母さんも、口には出さないけれど、またおまえと暮らしたいと思っている」

突然の申し出に困惑した蓮は、なにか言おうと口をぱくぱく開閉した。しかし声が出てこない。

「もちろん、エルバも一緒だ」

そうつけ加えてから、アンドレは足元のエルバの背中を撫でた。

「グルゥゥ……」

エルバがうれしそうに喉を鳴らす。

「充分な広さがあるとはいえ、おまえが外出しているあいだは部屋に閉じ込められているんだろう？」

「それは……そうだけど」

「かわいそうだ」

つきっと胸に痛みが走った。

自分のためにエルバに我慢を強いていることは、重々わかっていたつもりだった。

だけど、口に出して指摘されれば衝撃は大きい。エルバと共に、兄弟のように過ごした兄の言葉だから余計に。

返す言葉を失っていると、毛並みに沿ってエルバを撫でていたアンドレが、不意に顔を上げた。目と目が合う。まっすぐな視線に怯《ひる》んだ刹那、熱く真剣な声が言った。

「また家族四人とエルバで、ジャングルで暮らすのが俺の夢なんだ」

「………っ」

自分の顔が強ばっているのがわかる。蓮は喉を震わせ、「ごめん……」と囁《ささや》いた。

「急すぎて……すぐには答えられない」

かすかに眉をひそめたアンドレが、意図的に体の力を抜こうとするかのように、ふっと笑う。

「……わかっている。おまえの立場もわかっている。すぐに答えがもらえるとも思っていない。ただ、直接おまえに俺の気持ちを伝える機会はそう多くないと思ったから、今夜言っただけだ。俺の夢を知っていて欲しかった」

自分に言い聞かせるような声を出して、アンドレは立ち上がった。蓮を見下ろして告げる。

「大学の学費は奨学金をもらっているし、生活費はアルバイトで賄《まかな》えている。だが、大学に入るまでシウヴァから受けたサポートに関しては、医師として働きながら返していくつもりだ。全額返済するまで多少時間がかかってしまうかもしれないが……」

蓮は思わず立ち上がった。

「返済なんかしなくていいよ！」

その叫びに対して、アンドレは厳しい顔つきで首を横に振る。

「それじゃあ俺の気持ちが済まない」

（シウヴァに借りを作りたくないということ？）

そこまで……嫌っているのか。

蓮がショックを受けていることに気がついたのか、アンドレの表情がわずかに和らぐ。

「シウヴァのサポートには心から感謝している。父さんの膝の手術、農園を開くための準備金、俺の進学……すべてシウヴァの援助がなければ実現しなかった。俺がいまここにこうして立っていられるのも、シウヴァとおまえのおかげだ」

宥《なだ》めるようなやさしい声が言った。

「シウヴァの手厚いサポートのおかげで、両親の珈琲農園も安定し、俺も将来の目処が立った。これからは、いままで受けた恩を返していく番だ」

「…………」

育ての両親も、農園の経営が軌道に乗ってから、少額ずつだが返済するようになった。はじめは水くさいと思ったし、返済なんかしなくていいと電話で言った。でも、養父は頑として聞き入れなかった。

シウヴァにとっては少額だったとしても、受け取った側からすれば、人生を左右するような大きなお金だ。だからこそ、そんな大金を借りたままでいるのはいやなのだろう。本来、とても誇り高い人たちなのだ。

振り返ってみれば、鏑木がジャングルまで自分を引き取りに来た際も、十年分の養育費だといって渡そうとした謝礼金を、両親は頑《かたく》なに拒み続け、最後まで受け取らなかった。

養育費など受け取る筋合いはない。自分の子供を育てるのは親として当たり前のことだと。

それを思えば、彼らの息子であるアンドレが、同じような考えを抱いてもなんら不思議ではない。一度こうと決めたら誰がなんと言おうと譲らないところも、兄は父に似ている。

「……わかった」

蓮がため息混じりにうなずくと、アンドレは一つ肩の荷を下ろしたような顔をした。もしかしたら、この件も、直接自分に会って伝えたかったのかもしれない。

「さっきの話だが」

話を元に引き戻して、アンドレが告げた。

「俺は明朝発《た》つが、返事は急がない。じっくり考えてくれ」

「明日の朝⁉」

大きな声が出る。

「なにをそんなに驚いているんだ」

「だって……大学が休みだって言ってたから、もう少しゆっくりできるのかと思ってた」

「大学は休みだがアルバイトがあるからな。ここに来る前に実家にも数日滞在したし、そろそろ戻らないといけない。俺としては、預かっていた遺品は渡せたし、おまえとこうして話もできて目的は充分に果たせた。おまえも明日は仕事だろう」

「それはそうだけど……」

「あまり遅くなってもおまえの仕事に差し支えるから、そろそろ行くよ」

その言葉に反応したエルバがむくりと起き上がった。二枚扉に向かって歩き出すアンドレを蓮が見送りのために追いかけ、そのあとをエルバもついてくる。

扉の前で振り返ったアンドレが、エルバの頭に手を置き、ぐりぐりと撫でた。

「おやすみ、エルバ」

「グルゥウウ」

次に蓮を見て、穏やかな声で「おやすみ、レン」と囁く。

「あの、アンドレ」

「ん？」

「明日の朝、一緒に朝食を摂らないか？」

「いいよ、そうしよう。じゃあ明日の朝」

「うん……おやすみ。あ……ゲストルームまでの行き方わかる？」

「大丈夫だ。もし迷ったら誰かに聞くから」

アンドレの姿が二枚扉の向こうに消えるのを待って、蓮はふーっと息を吐いた。

エルバを引き連れてソファに戻り、飲みかけのミネラルウォーターのペットボトルを摑む。キャップを捻ろうとした手が止まった。

(一泊しただけでもう帰るなんて)

サプライズでひさしぶりにアンドレに会えて、かなりテンションが上がっていたから、そこからの落差が激しすぎて、なんだか胸がざわざわする。

アルバイトがあるなら仕方がないけれど、もしかしたら、シウヴァの屋敷に何日も泊まりたくないんじゃないだろうか。ついそんな邪推をしてしまう。

シウヴァには感謝していると言ってくれた。でも……。

――医師になってジャングルに戻る目処がついたらおまえを迎えに行く……おまえをシウヴァから取り戻すと心に決めていた。その一念がこれまでの俺を支えてくれた。待つ力を与えてくれたんだ。

あの言葉が耳から離れない。

本音では、アンドレはシウヴァの支援を受けたくなかった?

自分の選択は間違っていたんだろうか。

いや、だけど、シウヴァのサポートがあったから医大に進学できて――医師になって、生まれ故郷の医療を担当するという夢を叶えることができるわけで。

そう考えれば、あれでよかったんだ。アンドレだってそこは認めていた。

(よかったんだ)

言い聞かせるそばから、本当にそうか？　という疑念が湧き上がってくる。

アンドレも育ての両親も、シウヴァに大きな借りがあると思っている。

これから先、それを返していかなければならないと思っている。

自分たちの現在の幸せは〝レン〟の犠牲のもとに成り立っていると思っている。

そんなふうに背負わせるつもりはなかった。そんなつもりじゃなかった。

自分は正しかったのか。間違っていたのか。

八年以上の歳月が流れたいまになって、過去の自分の判断に自信が持てなくなり、気持ちが安定を失ってぐらぐら揺らぐ。

「……うーっ」

蓮は片手で頭を掻《か》き毟《むし》った。無意識のうちに、ペットボトルを持っているもう片方の手に力が入っていたらしく、パキパキッと音が鳴る。その音と重なり合うように、トラウザーズのポケットがブブブッと振動し始めた。

「………っ」

びくっと肩を揺らし、あわててポケットから携帯を引き出す。ホーム画面には鏑木の名前が表示されていた。ペットボトルをローテーブルに置いて、通話ボタンを押す。

「もしもし？」

『蓮、いま話していて大丈夫か？』

「大丈夫……」

いつもは恋人の声を聞いただけでテンションが上がるのに、とっさに頭が切り替えられず、低い声で「なに?」と促した。

『今日はメールがこないから気になってかけたんだ。荷物は届いたか?』

投げかけられた質問に、鏑木に伝えるべき重大な案件を思い出す。

そうだ! ノート!

視線を書斎のライティングデスクに向けた。あとで中身を確認しようと思って、鍵のかかる抽斗に仕舞ったままだ。

だが、まずは鏑木に経緯を説明しなければ。

「実は……今日アンドレが『パラチオ　デ　シウヴァ』を訪ねてきたんだ」

『アンドレが!?』

さすがの鏑木も驚いたようだ。鏑木にしても、最後にアンドレに会ったのは何年も前だろうから、成人以降の兄は知らないはず。

「突然で俺もびっくりしたけど、大学が休みに入ったアンドレが実家に戻ったら、ちょうど父さんがノートを発送するための準備をしているところだったみたいで……。事情を聞いたアンドレが、郵送は危険だと判断して、手持ちで『パラチオ　デ　シウヴァ』までノートを届けてくれたんだ」

『そういうことか』

納得したようなつぶやきが届く。ずっとノートが届かなかった理由もわかって、一気にフラストレーションが解消した声だ。

「みんなでディナーを摂って――みんなっていうのは、ソフィアとアナとガブリエルとジン、俺とアンドレの六人――で、サロンでお茶したあと、アンドレは俺の部屋に寄ったんだけど、ついさっきゲストルームに戻った。明日の朝にはもう帰るって」

『ノートの中身は確認したか？』

やや緊迫した声音で訊《き》かれた。

「まだ。受け取ってからずっと慌ただしかったのと、さっきまで部屋にアンドレがいたから確認する暇がなかった。ノートは部屋のライティングデスクの、鍵のかかる抽斗に仕舞ってある」

『そうか、わかった。いまからおまえの部屋に行く』

いつもなら、言われて一番うれしい言葉だ。

でもまだ頭が混乱しているせいで、反射的に「いまから？」と聞き返してしまった。

『都合が悪いようならば、明日にしよう』

逸《はや》る気持ちを抑えつけるような声を出され、あわてて「悪くない、悪くない、大丈夫」と返す。

『本当に大丈夫か？』

「うん、平気。待っている」

『三十分後には着けると思う』

「了解」

通話を切ったあと、蓮はふるっと頭を振った。こんなことで混沌とした思考がすっきりするはずもなかったが、そうせずにはいられなかったのだ。

結局、鏑木が部屋に来るまでノートの中身は検めなかった。一人で見る勇気が湧かなかったからだ。ただでさえアンドレの件にどう対処すればいいのかわからず脳内が混乱状態にあるのに、その上ノートを読んだ結果ブルシャに関しての記述がなかったら、ダメージを一人で受け止めきれない。

予告していた三十分より少し早く、日付が変わって十分も経たずに、鏑木は部屋に着いた。おそらく、かなり急いでバイクを走らせたんだろう。

いつものように室内に鏑木を迎え入れた蓮は、主室のソファへと誘った。ハグもキスも、今夜は省略だ。エルバも普段とは違う空気を察したのか、鏑木に必要以上にじゃれることなく、大人しくソファの足元に蹲《うずくま》った。

ローテーブルの上には、すでに抽斗から取り出した二冊のノートが並べてある。

「これが、アンドレが届けてくれた甲斐谷学のノート。一緒に見ようと思って、まだ中身は確認していない」

ライダースジャケットを脱ぎ、ソファに腰を下ろした鏑木に、蓮は説明した。蓮自身も少しスペースを空けて、鏑木の隣に腰掛ける。

「よかったら、鏑木が先に見て」

促したが、鏑木はノートを手に取ろうとしない。不思議に思っていると、蓮に向き直り、まっすぐ目を見つめてきた。

「その前に確認したいことがある。なにかあったのか？」

「え？」

「電話の時から様子がおかしかったが、いまさっきおまえの顔を見て確信した。なにがあった？」

鋭い指摘に息を呑む。

鏑木は、自分のほんの少しの変化も見逃さない。透視能力があるんじゃないのかと疑いたくなるくらいに、なんでもお見通しだ。

(自分がわかりやすすぎるのかもしれないけれど)

「ノートよりそっちが先だ。なにがあったか話してくれ」

落ち着いた声音で説明を求めてくる。

一刻も早くノートを確認したいだろうに、自分のことを優先してくれる。もしかしたら、急いで来たのも、半分は自分を案じてのことだったのかもしれない。

鏑木の気持ちがうれしくて、胸の奥がじわっと熱を帯びた。真剣な眼差しを受け止め、「ありがとう」と礼を言う。

「どう対処すべきか悩んでいたんだ。——アンドレから、もう一度ジャングルで、エルバと一緒に暮らそうって言われた。アンドレは医師になって故郷の医療に貢献するのが夢で……その目処が立ったら、俺をシウヴァから取り返すつもりだったって」

この一時間ほど、胸中に巣くっていたモヤモヤを吐き出した。

「シウヴァから取り返すと言ったのか？」

念を押され、「うん」とうなずく。

「……なるほどな」

鏑木が低い声を落とした。少なからず衝撃を受けているのが、眉間《みけん》に縦筋を刻んだ表情からも伝わってくる。

鏑木は側近時代、ジャングルの家族のサポートを担当していた。養父の膝の手術の手配や家のリフォーム、アンドレの進学、そのほかの細々とした雑務に関しても、部下任せにせずに自分が率先して動いていた。珈琲農園に適した土地を探し出して借り上げ、実際に農園が完成するまで両親の相談に乗り、そこから運営が安定するまでも、陰になり日向になり尽力してくれた。

蓮も定期的に鏑木から報告を受けていたが、実に細やかに、かといってでしゃばることなく、要所要所で的確なフォローをしてくれていた。

蓮を引き取るにあたって、みずからジャングルに赴いた縁もあっただろうし、その際に残った家族のサポートを蓮に約束したせいもあっただろう。

責任感の強い鏑木らしく、長きに亘《わた》ってしっかりと責務を果たしてくれていたのは、自分が一番わかっている。

「……まあ、そう思われても仕方がない。ご両親やアンドレにしてみれば、大事に育ててきた息子や弟を、ある日突然シウヴァに奪い取られたのも同然だ。愛する家族の喪失は、金銭的なサポートで相殺《そうさい》されるものではないからな」

しばらく黙っていた鏑木が、やがて重い口を開き、苦い声で認めた。献身的に尽くした鏑木としては、やるせない心境だろうが、そこは大人なので恨み言を口にしたりはしない。

「その……どう思う？」

鏑木の答えは大方予想がついたが、我慢できずに尋ねた。

「アンドレにまた一緒に住もうと言われたことか？」

「うん」

「蓮、その件に関しては、俺はなにも言えない。おまえは成人した大人だ。この問題は自分で答えを出すべきだ。他人の意見に従って選択すれば後悔することになる」

予想どおりの答えが返ってきた。そう言われるとわかっていたけれど、突き放すような物言いにちょっぴり傷つく。

他人と言うが、恋人関係だ。まったくの他人とは言い切れないはず。

鏑木は俺がアンドレについていってしまってもいいのか？

そうはダイレクトに訊けなかった蓮は、別の切り口から恋人の本心を探った。

「シウヴァの関係者としての意見は？」

「俺はもうシウヴァの人間じゃない」

これは予想外の返答だった。

（シウヴァの人間じゃない？）

ショックが顔に出ていたからか、鏑木は「俺は現在、どこにも所属していないフラットな立場だ」と、おのれの立ち位置を表明した。

「シウヴァから離れたことによって見えてきたものもあるし、立場やしがらみに囚われず、自由に活動することもできる。逆に言えば、以前は当たり前のようにできていたことができなくなり、それに伴う不自由さも感じている。それらを現状として受け止めた上で、おまえとシウヴァのために動いているんだ」

（そうだ）

本来ならば、いま現在の鏑木が、シウヴァのために尽くす義理はないのだ。亡くなった父親の遺志を継いで、側近としての役目を充分に果たした上で、辞表を出して正式に受理されたのだから。

自分と鏑木のあいだにも法的な雇用契約はない。もちろん金銭の授受など一切ない。

それなのに、こうして真夜中に駆けつけてきてくれた。

それだけでも感謝しなければならない。

「甘ったれたこと言ってごめん……」

自分の甘さに恥じ入り、素直に謝ると、鏑木が虚を衝《つ》かれたように瞠目《どうもく》した。ほどなくして、ふっと口許を緩める。

「いや……動揺して当然だ。子供の頃に別れたきりの兄が突然訪ねてきて、また一緒に暮らそうと言われたんだからな。――蓮、アンドレにそう言われて、おまえはどう思った？」

ふたたび真顔になった鏑木に、改まった口調で問われ、蓮は考え込んだ。

「八年以上会っていなかったのに、アンドレがいまでも弟みたいに思ってくれているのはうれしかった。ずっと俺のことを考えてくれていたと知って、すごく有り難いとも思った。……でも」

「でも？」

「俺は、シウヴァから離れられない」

頭に浮かんだ言葉を、そのまま口にする。とたんに、さっきまで胸を覆っていた霧が晴れるのを感じた。

「確かにアンドレの言うとおり、あの時は、育ててくれた大切な家族のためにジャングルを離れた。本当は家族と別れたくなかったし、生まれ故郷を離れるのは泣きたいほど心細かった。ハヴィーナに行ってみたらみたで、お祖父さんには疎《うと》まれ、慣れない都会での生活は息苦しくて……」

蓮の回想に、鏑木が眉根を寄せる。鏑木を責めるつもりはないのに、この話をすると苦しめてしまう。

それが辛い……。

蓮は躙《にじ》り寄《よ》るようにして、鏑木との距離を詰めた。間近から切ない眼差しで、男らしく整った精悍な貌《かお》を見つめる。

「だけどそんな時、いつも鏑木が側にいてくれた。くじけそうな時は励まして、間違えば叱って正し、寂しくて仕方がない時は抱き締めて……家族の代わりに俺を支えてくれた」

「………」

「いま俺が鏑木に抱いている気持ちは、家族のように感じていたあの頃のものとは違う。ふわふわして、あたたかいばかりじゃない。もっと濃くてどろどろしていて、自分でも制御できないその激しさに振り回されることもある。だからといって別れたいとは思わない」

灰褐色の瞳に映り込む自分と視線を合わせ、蓮は訴えた。

「鏑木と離れるなんて、考えられない」

「……蓮」

鏑木が掠《かす》れた声で名前を呼び、じわりと目を細める。呼びかけに応じるように、蓮は恋人の手に手を重ねた。

「それと、目が見えなくなって業務を休んだ時に実感したんだ。自分は身近なスタッフをはじめ、たくさんの人たちに支えられているんだって。同時に自分が、シウヴァの関連企業で働く多くの人たちの生活に影響を与える存在であることも。シウヴァの当主は、個人でありながら公人でもある。俺はもうジャングルを裸足《はだし》で駆け回っていた子供じゃない」

思いつくままに言葉にしているうちに、ぼやけていた思考の輪郭《りんかく》が、少しずつはっきりしてきた。

昨日はアンドレに指摘され、無自覚にロペスに指示を与えていた自分を――いつの間にか変わってしまっていた自分を責めたけれど、変化は一概に悪いこととは言えない。

環境に即して変わるのは成長の証《あかし》でもある。

いまの自分は、シウヴァの人間なのだ。自分とシウヴァは、もはや切っても切り離せない。

祖父やイネス、ニコラスがそうであったように、自分もまたシウヴァという大きな運命の輪の一部なのだ。

それを、様々な事件やアクシデントを経て、この数年間で実感した。

「昔はシウヴァから逃げ出したいと思ったこともあった。いまでも、未熟な自分にシウヴァの当主という役割は荷が重い。けれど、放り出して逃げたいとは思わない」

心の深い部分を掘り起こしていくような蓮の独白に、鏑木は黙って耳を傾けている。

「ジャングルはいまだって大好きだ。アマゾンの森の大自然が、俺という人間の土台を作ってくれた。ジャングルは俺の奥深く根付いているし、脈々と息づいている」

ジャングルで生まれ育ったという根っこの部分は、この先どんなことがあろうとも変わらない。それだけは自信を持って言えることだ。

「でも、シウヴァを捨てて、ジャングルに帰ろうとは思わない」

きっぱりと言い切る。

誰の言葉に影響されるでもなく、自分のなかから〝答え〟が出た。

祖父の突然の死がもたらした当主の座。望んで得たものではなかった。むしろキャパシティを超えた重責を持て余し、もがき苦しんだ。

苦しんで、悩んで、〝答え〟に辿りついた──いまこの時こそが、真の意味で、シウヴァの当主としての自覚が芽生えた瞬間だったのかもしれない。

鏑木も同じように思ったのか、どこか感慨深い面持ちで、「おまえがそう決めたなら、それが答えだ」と言った。

「俺からはなにも言うことはない」

「……うん」

アンドレには朝食の場で、この気持ちを伝えよう。

ゆっくり考えてくれと言われたが、どんなにじっくり考えても答えは変わらない。

だったら少しでも早く、アンドレに伝えたほうがいい。

アンドレの人生の設計図が、自分の返答いかんで変わる可能性があるのだから。

「朝食を一緒に摂《と》る約束をしているから、そこでアンドレには返事をするよ」

蓮の言葉に「それがいいな」と鏑木も同意した。そのあとで、少し考え込むような表情をする。

「おそらくアンドレは、おまえが自分たち家族の犠牲になったと思い込んでいるんだろう。それが長らく心の重石になっていた可能性は高い。おまえとエルバをシウヴァという檻《おり》から救い出すのが、自分の使命だと思っているのかもしれないな」

アナに一目惚れされるなど、女性にすごくモテそうなのに恋人を作らないのも、そのせいなのかもしれない。自分をシウヴァから解放するまでは、個人の幸せに背を向けている——とか？

「そうじゃないのに……俺は自分の意思でシウヴァにいるし、たぶんエルバも同じはずだ」

「いま俺に話したようなことをきちんと説明したほうがいい。このままだと、アンドレはこれから先もずっとおまえに負い目を抱き続けてしまう。自分の人生が〝弟〟の犠牲の上に成り立っていると思い続けるのは酷な話だ」

想像しただけで胸が苦しくなった。

大好きな〝兄〟にそんな人生を送って欲しくない。

「わかってもらえるようにがんばって説明する」

心構えを語る蓮に、鏑木は「うまく伝わるように祈っている」とエールを送った。直後にふーっと息を吐き、自分の手に重なっていた蓮の手を握り直す。

「さっきはなにも言うことはないと言ったが、正直に言えばほっとした」

「ほっと？」

意味がわからず、蓮は首を傾《かし》げた。

「『自分で答えを出すべきだ』などと格好をつけて突き放したが、本心ではビクビクしていたからな」

「ビクビク？」

いよいよ鏑木らしくない告白に驚く。

「おまえがアンドレを選んで、ジャングルに帰ってしまうんじゃないかと不安だった」

耳を疑った。鏑木が不安!?

「嘘だ……！」

「嘘じゃないさ。おまえの〝兄〟とジャングルがタッグを組んだんだ。手強いタッグだ。勝てる自信はなかった。だが、たとえ負けて捨てられるとしても、おまえ自身の決断に委ねるしかない。俺が追《お》い縋《すが》って選択を変えさせたところで、早晩破綻するのは目に見えている。とはいえ、だいぶ痩せ我慢をしたが」

自嘲を浮かべる男を、蓮は瞠目して見つめる。蓮の信じられないようなものを見るような目つきに気がついた鏑木が、やや気まずそうに咳払いをして「さて」と話を変えた。

「アンドレの件に決着がついたところで、本題のノートだ」

ローテーブルのノートに手を伸ばそうとした鏑木に、蓮はがばっと抱きつく。

「蓮？」

意表を突かれた表情を、上目遣いに睨《にら》んだ。

「ここまで煽《あお》っておいて、なにもしない気か？」

唇を尖《とが》らせて文句を言うと、鏑木がふっと笑う。

「わかった。ただしキスだけだぞ」

甘い声で囁き、蓮の唇を啄んだ。ちゅくっと吸って離す。

「……これだけ?」

不満たらたらの蓮に、今度は声を出して笑った鏑木が、ゆっくりと顔を近づけてきた。吐息が触れ合い、唇が重なり合う。

「んっ……ふっ、」

唇を唇で愛撫されて、鼻から甘い息が漏れた。舌先でつつかれ、唇を開く。ぬるりと入り込んできた熱い舌を、夢中で引き入れた。

舌をうねうねと絡ませ、唾液を啜《すす》り、歯列を探り合う。

「うん、ん……んんっ」

ひさしぶりのキスにたちまち夢中になった蓮は、鏑木の逞しい首に両手を巻きつけ、引き寄せた。鏑木の片方の手が後頭部を摑み、もう片方の手が髪のなかに潜り込んでくる。指の腹で地肌を擦られ、うなじがぞくぞくと総毛立った。

舌で掻き混ぜられた唾液がくちゅくちゅと水音を立てる。粘膜をねぶられ、上顎の裏をまさぐられて、蓮は無意識に体をくねらせた。

口腔内《こうこうない》を蹂躙《じゅうりん》し尽《つ》くした鏑木が、口のなかから抜け出す。銀の糸を引いて唇が離れた。

「はぁ……はぁ……」

息が上がり、心臓がバクバクいっている。

涙の膜が張った視界に映り込んだ鏑木の顔も、心なしか紅潮していた。灰褐色の瞳の奥に、欲情の揺らめきが透けて見える。眉根を寄せた懊悩《おうのう》の表情は、ゾクゾクするほど色っぽい。

それでも、鉄の意志を持った男は、蓮の肩を摑んで自分から引き剝がした。おそらく意識的に作った厳しい顔で、「蓮、ノートだ」と告げる。自分に言い聞かせているようにも聞こえた。

「……うん」

上の空でうなずく。

これ以上、先に進むのはまずいと蓮もわかっていた。ノートの中身を検めなければならないし、なにより今夜は同じ館内にアンドレがいる。そんな状況下で鏑木と抱き合うことには罪悪感があった。

ノートをわざわざ届けに来てくれたアンドレの願いを、自分は退けるのだ。

辛いタスクを思い出すにつれて、次第にクールダウンしてくる。

「……ちょっと顔を洗ってくる」

鏑木に断りを入れてソファを立ち、パウダールームに向かった。あえて冷水でざばざばと顔を洗い、タオルで拭く。冷たい水の効果か、体の火照りがだいぶ収まった。

「はー……ふー……」

大きく深呼吸してから、主室に戻る。

「待たせた。ごめん」

「大丈夫か？」

そう尋ねる鏑木はすでに平静を取り戻し、声も落ち着いていた。このあたりの切り替えはさすがだ。

「もう大丈夫」

ソファに座り直した蓮は、ノートを膝の上に置いた鏑木の横にぴたっとくっつく。一緒に紙面を確認するためだ。

「じゃあ、開くぞ」

鏑木が覚悟を促すような声を発して、ページを捲《めく》る。無意識にごくっと喉が鳴った。

一番の関心はブルシャの記述があるか否かだが、蓮にとっては、会ったことも話したこともない実の父の本質に触れる初めての機会だ。

ノートの紙面は、几帳《きちょう》面《めん》な文字でびっしりと埋まっている。英語の文章だ。

甲斐谷学は日本人だが、母国語のほかに、ポルトガル語と英語が堪能だったらしい。

蓮自身も日本にルーツを持ち、子供の頃に日本語を勉強したが、文章がすらすら読めるほどではない。難しい漢字が出てくると読解のスピードががくんと落ちるので、英語で書かれているのは助かった。

「……日記だな」

「うん」

文章の書き出しの上に日付が記されており、このノートが日記として使われていたことがわかる。ただし、毎日つけていたわけではないらしく、日付は飛び飛びだ。

どうやらエストラニオに到着した日から、書き始めたものらしい。

長く夢見ていた国——エストラニオの地をついに踏んだ浮き立つ思いと高揚が、街並みや風景、市井の人々との触れ合いを描写する文章から感じ取れる。

ハヴィーナ到着から一週間後、学は最終目的地であるジャングルへと飛んだ。

そこからしばらくは、密林でのフィールドワークに勤《いそ》しむ日々の様子が記されていた。未知の植物を見つける都度、その生態を観察しては綿密に書きつけ、スケッチをしている。論文にまとめるためのレジュメのような記述も多くみられた。

だが肝心のブルシャを見つけ出すことはできず、数度に亘る密林探索は失敗に終わった。

失意のままジャングルを離れた学であったが、戻ったハヴィーナで運命の出会いを果たす。知人に誘われて参加したパーティで、シウヴァ家の一人娘イネスと出会ったのだ。

エメラルドの輝きを放つ碧の瞳と亜麻色の髪。ノーブルな美貌。すらりとした立ち姿。

彼女がいかに美しく、聡明で、凛《りん》としており、気品に満ち溢れているか。

興奮を抑えきれない筆致で、イネスへの賛美が綴《つづ》られているくだりは、文字までが生き生きと恋のダンスを踊っているように見えた。

二人は一目で惹《ひ》かれ合《あ》い、急速に仲を深めていった。やがて恋仲となり、学はイネスとの結婚を望むようになる。

だが、そんな二人の前に立ちはだかったのが、イネスの父グスタヴォだ。

グスタヴォは、異国人の植物学者とシウヴァ家の一人娘の婚姻などあり得ないと激怒した。イネスにはグスタヴォが決めた婚約者がいたが、形ばかりの婚約も、日を追って燃え上がる恋心の歯止めにはならなかった。

イネスは父に隠れて恋人を『パラチオ　デ　シウヴァ』に招き入れ、密会を重ねた。学のブルシャ発見に懸ける情熱を知るにつれ、恋人の夢を叶えたいと考えるようになったイネスは、父のエメラルドの指輪を盗み、学を秘密の地下室へと誘導した。父に背き、一族の掟《おきて》を破って、ブルシャについての詳細が記された始祖の日記を読ませたのだ。

娘の裏切りは、ほどなくグスタヴォの知るところとなった。激昂《げっこう》したグスタヴォは、二度と学と会えないよう、イネスを部屋に軟禁してしまう。

しかし、その時すでにイネスの体内には、二人の愛の結晶が宿っていた。

妊娠の事実を父に打ち明けられないまま、許婚との結婚式の日取りが迫ってくる。

このままでは子供を亡きものとされ、愛する人とも引き裂かれると考えたイネスは、乳母の力を借りて、『パラチオ　デ　シウヴァ』を出奔。学と落ち合い、ジャングルへと逃げた――。

ここで、一冊目のノートは終わっていた。

「…………」

無言で読み進めていた蓮と鏑木は、覚えず止めていた息を同時に吐き出した。

ここまでは、祖父の日記の記述を裏付ける内容で、新しい情報はほとんどない。だが、学視点で描かれているせいか、臨場感があった。警護の網の目を潜り抜けて逃げてきたイネスと落ち合い、駆け落ちをするくだりなどは、映画さながらのドラマティックな展開で、結果がわかっていても、思わず手に汗を握ったほどだ。

鏑木がノートを閉じてローテーブルに置き、もう一冊を手に取った。

たぶん、駆け落ちした先——ジャングルでの生活は、二冊目のノートに書かれている。

このノートに記述がなければ、父は最後までブルシャの生息地に到達できなかったことになる。

そう思うと緊張が増し、額の生え際にじわっと汗が滲んだ。

(お父さん、どうか俺たちにヒントをください。お願いします)

心のなかで亡き父に懇願した蓮は、祈るような気持ちで、鏑木が開いたノートを覗き込む。


二冊目の舞台は、予想に違わずジャングルだった。

電気も水道も通っておらず、まともな道すらない——エストラニオの熱帯流域《セルバ》に於《お》いても最果ての地。

いまにも朽ちそうな掘っ立て小屋で、乳母の遠縁にあたる若い夫婦——アロルドとナタリアの庇護の下、束《つか》の間《ま》の新婚生活がスタートする。

貧しく、不便ではあったが、おなかの子供を含めて親子三人での暮らしは幸せに満ちていた。

日に日に大きくなるイネスの腹部に耳を当て、胎児の心音を感じては、生まれてくる子供との未来に思いを馳せる。

イネスと二人で、男の子だったら、女の子だったらと、名前を考える喜び。我が子のために衣類やおしめ、揺《ゆ》り籠《かご》を手作りする充実感。

やがて二人は、運命の日を迎える。出産だ。赤ん坊は、近隣の村の助産師の手によって取り上げられた。

難産ではあったが、生まれてきた赤ん坊は、元気な男の子だった。

黒い瞳に黒髪、白い肌。両親どちらの特徴も受け継いだ赤子は、溜め込んでいたエネルギーを一気に発散しようとするかのように、ジャングルじゅうに響き渡る声で泣き続けている。一方のイネスは出産に疲れていたが、その顔は母になった喜びに輝き、いままでで一番美しかった。

ノートには、初めて我が子を抱き上げた際、身のうちに湧き上がった感動と歓喜が、数行にわたってびっしりと書き綴られている。

赤ん坊には、かねて二人で話し合っていたとおり、日本語で蓮《はす》の花を意味する「蓮《レン》」と名づけた。

蓮には生まれつき左の肩甲骨《けんこうこつ》の下に、イネスと同じ形の痣《あざ》があった。めずらしい蝶《ちょう》の形の痣だ。

イネス曰《いわ》く、この痣はシウヴァの直系にのみ現れるものらしい。それぞれ場所は異なるが、父のグスタヴォにも弟のニコラスにもある、と。

この子には間違いなく、シウヴァの血が流れている。

誇らしげにそう記したあと、父親として、我が子にしてやりたいことが箇条書きにされていた。

一緒にジャングルを探検して、植物の名前を教えてやりたい。

いつか自分の生まれ故郷に連れていき、日本の祖父母に会わせてやりたい。

そしていつの日か、グスタヴォの許しを得ることができた暁《あかつき》には、本来ならばホームグラウンドとなるはずだったシウヴァの白亜の宮殿を見せてやりたい——。

「……っ」


父の想いに触れた蓮の胸に、急激に迫ってくるものがあった。

これまで、血の繋がった両親は遠い存在だった。

両親といえば、蓮にとっては育ての養父母だった。彼らに愛された記憶しかなかったから。

でも、いま父の日記を読んで、生まれて初めて、自分が父と母に愛されていたことを実感できた。

だけど残念なことに、父の願いは一つとして叶わなかった。蓮が歩けるようになる前に、マラリアで亡くなってしまったからだ。

日記も、蓮誕生の喜びから一転して、沈鬱《ちんうつ》な記述が多くなっていく。


イネスの産後の肥立ちがよくない。出産時の傷がなかなか治らず、痛みで眠れない日々が続く。

もともと慣れない土地の生活で免疫力が低下していたところに、出産によってさらに体力を奪われ、自然治癒力が落ちているのではないか。

治療が必要なのは明白だったが、ジャングルにまともな医療設備はない。

町まで行き、医者に診《み》てもらおうとイネスに言ったが、頑《かたく》なに拒否された。町の病院にかかって身元が判明し、父親に連れ戻されることを恐れているのだ。確かにその危険性はある。

追い詰められた脳裏に、ふと、幻の植物が浮かんだ。

ブルシャ。

ブルシャはかつて原住民の病や怪我《けが》の治療薬として用いられていた。痛みを消す力があり、鎮痛剤としての効果が高い。痛みが抑えられて眠れるようになれば、イネスの体力も回復するはずだ。

無論、いいことばかりではないこともわかっている。だが、常用しなければ依存症になることはない。要は使用方法だ。自分が管理していれば問題ない。

そもそも自分がエストラニオを訪れた第一目的は、ブルシャを見つけ出すことだった。

イネスとの出会い、駆け落ち、出産などの大きな転機が相次いで起こり、そのあいだは家族を優先していたが、幻の植物に対する情熱が失われたわけではない。

原住民以外で初めてブルシャを手にしたのは、シウヴァの始祖だ。

始祖の血を継ぐイネス。

ブルシャの謎に魅せられ、地球を半周してエストラニオに辿り着いた自分がイネスと出会い、結ばれたのは、ブルシャの導きのような気がしてならない。

そうだ。イネスを救えるのはブルシャだ。ブルシャしかない。

始祖の日記を読んだことで、以前よりも、ブルシャに関する知識は格段に増えている。

今度こそと思い、密林を歩くたびにブルシャを探していたが、いまだに発見に至っていなかった。生息地があるとすれば、おそらく近場ではない。近年人が足を踏み入れたことのないような、もっと上流だ。カヌアで上流まで遡上《そじょう》しよう。

イネスと蓮をアロルドとナタリアに託し、川に漕ぎ出した。ひたすらカヌアを漕ぎ続ける。かなり上流まで遡上したところで、巨大な砂州《プラヤ》に行き当たった。そこでカヌアを停《と》め、上陸する。深い森のなかに入り、日中は密林を探索して歩き、夜は大木の洞《ほら》や洞穴《どうけつ》で眠った。

あっという間に三日が過ぎた。

成果はなし。

今回も徒労に終わるのかと意気消沈する。もう少し探したかったけれど、イネスの容態が心配であったし、アロルドたちにも三日で帰ると約束してきた。明朝には小屋に戻らなければならない。

その夜は満月だった。

皓々《こうこう》と輝く月の光で明るいとはいえ、夜の森は危険だ。

夜行動物に遭遇する危険性は重々承知していたが、眠る時間が惜しくて歩き出す。鬱蒼《うっそう》と生い茂る藪《やぶ》を鉈《なた》で切り拓《ひら》き、ブルシャを求めて森をさまよい歩いた。

鉈を振り続けた腕がジンジン痺れ、疲弊した脚がガクガクと震えてもなお歩き続けたが、ついに体力の限界を迎えて樹の根元に蹲《うずくま》る。

もう一歩も動けないと思った――その時。

ふわりと目の前をモルフォ蝶が横切った。

こんな深夜にモルフォ蝶が？

訝しく思ったが、メタリックブルーの翅《はね》は、こっち、こっちと、まるで誘うようにひらひらと舞い続ける。美しい翅の羽ばたきに魅入られて立ち上がり、イネスと蓮の痣と同じ形《フォルム》の蝶をふらふらと追いかけた。

蝶によって森の奥へ奥へと誘《いざな》われ、どんどん緑が濃くなる。

不意に、目の前を覆っていた緑が途切れ、視界が開けた。暗闇から一転して、明るい光に目を射貫《いぬ》かれる。

そこには神秘的な光景が広がっていた。

上空から射し込む青い月の光。

月光のシャワーを浴びて舞い踊る、数え切れないほどのモルフォ蝶。

モルフォ蝶の群舞の下には、楕円形の池が水を湛《たた》えている。水面には睡蓮《すいれん》の葉が浮き、周囲の水辺にはみっしりと植物が自生していた。引き寄せられるように近づき、間近で植物を見て息を呑む――。


「……あっ」

日記を読んでいた蓮と鏑木も息を呑み、顔を見合わせた。

「あの場所だ……！」

興奮した蓮の叫びに、鏑木もやや上気した顔で「ああ」と同意する。

「お父さんもあの場所に行ったんだ……！」

自分と鏑木が、モルフォ蝶に導かれて辿り着いたブルシャの生息地。

父もまた、モルフォ蝶に導かれ、そこに到達していた……。

(運命の輪のなかでループしている？)

親子の身に起きた不思議な符合に数秒放心してから、はっと我に返る。放心している場合じゃない。

蓮はあわててノートに視線を戻し、続きの文章を目で追った。


これはブルシャだ！

蝶が翅を開いたような形《フォルム》。明るい緑の地色に濃い緑の縞模様《しまもよう》。葉の裏をみっしり埋め尽くす起毛。すべての特徴が、始祖の日記に描かれていたスケッチと一致する。

この植物がブルシャであることは間違いない。

思わず胸の前で十字を切り、神に感謝の祈りを捧げた。

ついに、ついに、ブルシャの生息地に辿り着いた！

自然と涙が頬を伝っていた。それほどに長く、困難な道程だった。

涙を拭いたあとで、持てるだけのブルシャを摘んでバックパックに詰め込んだ。植物学者としては、すぐさま生態を調べたいところだったが、おのれの欲求は抑え込む。

いま優先すべきは、一刻も早くイネスのもとにブルシャを持って帰ることだ。

その結果、イネスが元気になったら、もう一度ここに戻って来よう。

帰途につくにあたり、帰り道の要所要所で目印となる樹木の特徴をスケッチし、ターニングポイントから次のターニングポイントまでの歩数をメモすることにした――。


その時のメモから書き起こしたのだろう。ノートには、植物学者ならではともいえる詳細なタッチで、ターニングポイントとなる樹木のスケッチが描かれていた。

【巨大な板根を持つテトラメレスから百歩進む】

【絞め殺しの樹が現れたら、二股を左へ】

【石を抱え込んだディプテロカルプスが目印】

これは復路の記述だから、往路はこれらを逆行すればいいということになる。

十八年以上の年月が経っているので、当時と森の様子はだいぶ変わっているはずだが、目印になるような特徴的な大木は、現在も残っている可能性が高い。

(これって、ブルシャ生息地への〝地図〟と言ってもいいんじゃないのか)

興奮したせいか、体がじわじわと熱を持ち、背筋にぶるっと震えが走ったが、日記はまだ数ページ残っている。

「ひとまず最後まで読もう」

鏑木にも促され、蓮はうなずいた。


持ち帰ったブルシャを煎《せん》じてイネスに飲ませたところ、劇的に痛みが引き、よく眠れるようになった。睡眠を取ったことにより、体力が回復し、傷も癒え始めた。

もう大丈夫。誰もがそう思い、安堵した。

しかしある日、イネスが発熱する。熱はたちまち上昇し、あっという間に四十度を超す高熱となった。しかもいっこうに下がらない。アロルドは険しい表情で、おそらくマラリアだろうと言った。蚊を媒介とした熱帯病だ。体力がない子供が命を落とすことがあるが、成人が死に至る例は稀だ。

それを聞いて少し安堵した。きっとよくなる。もうじき熱も下がる。

だが、イネスは四日目に意識がなくなり、昏睡状態に陥《おちい》った。

最終的には全身を激しく痙攣《けいれん》させ、そのままこときれた。

イネス……私の太陽。

太陽が沈んだ。イネスが死んだ。生まれたばかりの乳飲み子《ちのみご》を残して。

神よ。なぜ私と息子からイネスを奪ったのですか。

なぜ⁉

これは罰なのか。父を欺き、家を捨てた罪を、イネスはその命で贖《あがな》ったとでもいうのか。

真実の愛を貫くことは、それほどの罪なのか。

教えてください。なぜ、なぜ、こんなむごい仕打ちを――。


無念を叩きつけるような記述を最後に、学の日記は途絶えていた。

乱れた筆致から、最愛の妻を失った父の失意と慟哭《どうこく》が伝わってきて、胸がぎゅうっと苦しくなる。

ここには書かれていないが、学もまた愛するイネスのあとを追うように、マラリアで亡くなったと知っているからなおのこと――やるせなさが募る。

ジャングルで生まれ育った原住民と違って、都会から来た二人はマラリアに対する抗体がなかった。逃げるようにジャングルに来たので、予防内服のための抗マラリア薬も入手できなかったに違いない。

同じ病で時を置かずしてこの世を去り、天国で落ち合えた二人は、幸せだったのか。

いや、一人息子を残して逝くのは、やはり無念だっただろう……。

残りのページをぱらぱらと捲り、白紙であることを確認した鏑木が、「終わりだ」と低く告げる。

「……うん」

ただ日記を読んだだけなのに、まるでトラックを何周も全力疾走した直後みたいに疲労を感じていた。

祖父の時もそうだったが、血縁者の日記には、ついつい深く感情移入してしまう。

二冊目のノートを閉じた鏑木が、表紙の上に手を置き、「蓮」と呼んだ。

「このノートの記述を手がかりに、もう一度あの場所に辿り着けるか？」

真剣な表情で問いかけられ、蓮は慎重に「……たぶん」と答える。

「必ずとは断言できない。でも、たくさんのヒントがあった。可能性はあると思う」

鏑木が、ほっとしたように「そうか」と言った。

「その可能性に賭けて、カーニバルが終わったら、できるだけ早くジャングルに飛ぼう」

以前、電話口でも言われた誘いをふたたびかけられ、蓮はうなずいた。

休暇を取るためには幹部会を説得しなければならないが、いざとなれば当主権限行使という強硬手段に打って出る手もある。

具体的な希望が見えてきた現状、周囲を慮《おもんぱか》って躊躇《ちゅうちょ》している場合ではなかった。

ガブリエルに先んじてブルシャに辿り着くことは、エストラニオのみならず、南米全域のためでもあるのだ。

「それまで、この二冊のノートは俺が預かっておく。万が一ということがあるからな」

鏑木の申し出に、蓮も「そのほうがいいと思う」と賛同する。

「ここにはガブリエルがいるし」

ブルシャへの道筋が記されたノートの存在を知ったら、ガブリエルは喉から手が出るほど欲しがるに違いなかった。

油断も隙もない男からは、なるべく遠ざけておくに限る。

V

一夜明けて、起こしに来たロペスにアンドレと一緒に朝食を摂《と》る約束をしたことを伝え、主室から出られるバルコニーに二人分の席をセットしてもらった。

　セッティングが済むと、ロペスにアンドレを迎えに行ってもらう。そのあいだに、蓮《れん》は一人で身支度を済ませた。

　昨夜は鏑木《かぶらぎ》が二時過ぎまで部屋にいた上に、なかなか寝つけなかったので、実質の睡眠時間は三時間ほどだったが、興奮の余韻が残っているせいか眠気はまるで感じない。父の日記がもたらしたインパクトは、それだけ大きかった。いまもまだ、ブルシャ発見のくだりが、頭のなかでぐるぐる回っている。

　それに今朝は、アンドレと話をして、自分の気持ちを説明するというタスクが控えている。できれば出発するアンドレを見送りたいので、朝食に割《さ》ける時間は三十分ほどだ。

　三十分という限られた時間で、アンドレを傷つけないように、うまく説明できるだろうか。

　仮にできたとしても、納得してもらえるだろうか。

　先にバルコニーのガーデンテーブルに着いた蓮は、一人で悶々《もんもん》とした。正確には一人ではなく、足元にエルバが寝そべっているが、今朝は彼に構う心の余裕がない。

　鏑木と話をしていた時は、少しでも早くアンドレに答えを伝えなければと気が逸《はや》ったが、いざとなると気後《きおく》れが先に立った。

もしアンドレが怒ってしまったら？

せっかく再会したのに、喧嘩別《けんかわか》れのようになってしまうのはいやだ。考えただけで辛い。

だからといって、アンドレの希望に沿うことはできない。それは無理だ。

嘘もつけない。

思考が堂々巡りになってきて、頭をふるふると振っていると、ロペスがアンドレを案内してきた。

フランス窓からバルコニーに出てきたアンドレが、「おはよう、レン」と挨拶をする。

いよいよだと思ったとたんに、心臓が早鐘を打ち出した。

口許が引《ひ》き攣《つ》りそうになるのを堪《こら》え、努めて平静な声を出す。

「おはよう、アンドレ」

朝の明るい日差《ひざ》しの下で見るアンドレは、ひときわさわやかさが増して見えた。浅黒い肌に白いシャツが映え、真っ白な歯が目に眩しい。黒い瞳は澄み渡っており、心の美しさが表れている。絵に描いたような好青年ぶりで、これはアナが一目惚れしてしまうのも仕方がないと思った。

「グルルルゥ」

脹《ふく》ら脛《はぎ》に頭を擦りつけるエルバの唸《うな》り声《ごえ》に応《こた》えて、アンドレが流線型の背中を軽く叩く。

「おはよう、エルバ」

エルバがゴロゴロと喉を鳴らした。ここで一人と一頭の触れ合いが長くなってしまうと時間が足りなくなるので、「アンドレ、座って」と促す。

「ありがとう」

ロペスが椅子を引き、アンドレが腰を下ろした。エルバも蓮の足元の定位置に戻り、自分用の肉を嚙み始める。

「気持ちのいいバルコニーだな」

席に着くなり、アンドレは周囲をぐるりと見回した。

「ジャングルみたいだろ?」

バルコニーは中庭のパーム・ガーデンに面している。ヤシの木やタビビトノキ、インドソケイなどの熱帯植物が生い茂り、果実の甘い香りが漂う。蓮が落とすパン屑《くず》を目当てに、小鳥がバルコニーに舞い降りてくることもある。

アンドレが目を閉じて、すーっと息を吸い込んだ。ほどなく目を開き、「懐《なつ》かしいにおいがする」と言って笑った。つられて蓮も微笑む。だが、その実内心はリラックスとは程遠く、胸の鼓動が変わらぬ早鐘を刻んでいた。

これからアンドレの希望を打ち砕かねばならない。

アンドレは、兄弟で向かい合って朝食を摂る――この風景が特別なことではなく、日常になるのを望んでいる。

ジャングルの緑のなか、ふたたび家族で暮らせるように願っている。

(でも、その願いは叶えられない……)

「失礼いたします」

人知れず沈み込む蓮の横合いから、ロペスがカップ&ソーサーに珈琲《コーヒー》を注いだ。平行移動すると、今度はアンドレのカップに珈琲を注ぐ。珈琲を口に運ぶ二人の傍《かたわ》らを往き来して、搾《しぼ》りたてのアサイーのジュース、ヤシの新芽とキヌアのサラダ、チーズ、自家製ヨーグルト、焼きたてのパン、卵料理などを手早くサーブしていく。

「美味しそうだ」

目の前に並べられた朝食を見て、アンドレが目を輝かせた。

「いただきます」

胸の前で十字を切ってから、早速サラダに手を着ける。昨日の夜あれだけの量を食べたにもかかわらず、今朝も旺盛な食欲を見せるアンドレとは裏腹に、蓮はまるで食欲が湧かなかった。

湿った綿でも詰まっているみたいに、胃がもたれている。多分に精神的な負荷ゆえだと思われた。

仕方なく、サラダを少しつつき、ヨーグルトをスプーンで何度か口に運んで誤魔化す。

蓮の苦戦を後目に、気持ちいいほどの速さで皿を空にしたアンドレが、食後の珈琲を飲み始めた。

蓮は腕時計の文字盤をちらっと見る。残り時間は十五分余り。

(そろそろ切り出さないと)

フルーツの盛り合わせを運んできたロペスに、「二人で話がしたいから、席を外してくれないか」と頼んだ。

「かしこまりました」

人払いをしたバルコニーにお互いとエルバだけになるのを待って、蓮は「アンドレ」と切り出す。

「一緒に住む話について、じっくり考えていいと言ってくれたけど、いま返事をしたいんだ」

アンドレがカップをソーサーに置いた。

「わかった」

そう応じて、居住まいを正す。蓮の返答を待ち受ける顔は、かすかに緊張しているように見えた。

「昨日アンドレに、またジャングルで一緒に暮らそうって言ってもらえてうれしかった。ずっと長く離ればなれだったのに、いまでも俺のことを家族だと思ってくれているのが、すごくうれしかった」

嘘じゃない。本当のことだ。本当に泣きそうなくらいにうれしかった。

それなのに、大好きな〝兄〟の申し出を退けなければならない自分が憎くなる。

胸が苦しい。言いたくない。アンドレの悲しむ顔を見たくない。

だけど、ここで答えをはぐらかして、下手な期待を持たせるほうが罪深い。

優秀で真面目なアンドレは、その気にさえなれば、どんな人生でも選び取れる。無限の可能性を秘めた彼の、選択肢を狭めるようなことはしてはいけない。絶対に。

切実な思いに背中を押された蓮は、きゅっと顔を歪めたあとで、思い切って告げた。

「でも、もう一緒には住めない」

（……言ってしまった……）

鼓動がマックスまで高まり、背中にじんわり汗が滲《にじ》む。

「…………」

息を詰め、蓮は正面の顔を見つめたが、一瞬ぴくっと眉尻を動かしたのちは、アンドレの表情に変化はなかった。無言のまま、なにも言わない。

　リアクションがないので、仕方なく続きを口にした。

「昨日アンドレに、『本当にシウヴァの当主なんだな。さっき年配の執事さんに、おまえが指示を出しているのを見て実感した』って言われてドキッとしたんだ。俺にとってロペスに指示を出すのは当たり前のことで、無意識の言動だった。でも、おまえは変わったって言われたような気がして……ショックだった。自分ではジャングル時代から変わっていないつもりだったから」

　アンドレがつと眉をひそめ、「レン、それは……」と言葉を挟みかける。

「ごめん、アンドレ。最後まで言わせて欲しい」

　蓮は謝りと断りを入れた。ここまできたら、最後まで言ってしまいたかった。

「ショックだったけど、あとでよく考えて、まったく変わらないのは無理なんだって思い直した。ジャングルからハヴィーナに移って、環境ががらりと変わった。俺なりに新しい環境に適応しようと努力した結果が、いまの俺だ。シウヴァの当主になった現在《いま》は、望むと望まざるとにかかわらず、言葉や行動が多くの人に影響を与える立場だ。同時に、当主としての務めを果たすために、たくさんの人たちに支えられている。もう無邪気にジャングルを走り回っていた子供じゃない。アマゾンの森の大自然が、俺という人間の土台を作ってくれた。それは間違いないし、いまでもジャングルは俺のなかで生きている。だけど、シウヴァを捨てて、ジャングルに帰ろうとは思わない」

　そこまでを一気に口にした蓮は、最後にアンドレの目をまっすぐ見つめる。

「アンドレが俺とエルバをシウヴァから連れ出そうと思ってくれた気持ちはうれしかった……けど、いま俺は自分の意思でここにいるし、それはたぶんエルバも同じはずだ」

「………」

飾らぬ本音をすべて明らかにし、しばらく待ったが、アンドレは無言だった。その表情がわずかばかり強ばって見えて、蓮はじわじわと血の気が引くのを感じる。

（怒ってる？）

心音が乱れて呼吸が浅くなった。

アンドレが怒って席を立ってしまったらどうしよう。仲違《なかたが》いして帰ってしまったら……。

このまま絶交なんてことになったら――。

無意識に俯《うつむ》き、テーブルの下でぎゅっと手を握り締めた時、アンドレがふっと吐息を漏らした。はっと顔を上げると、目の前のアンドレは心なしか脱力し、顔つきも緩んでいるように思える。

「レン、立派になったな」

やがて、ため息混じりに低音を落とした。

「アンドレ？」

「見た目だけじゃない。いまのおまえは中身も立派なシウヴァの当主だ。ジャングルを走り回っていた野生児が、ここまでになるのは並大抵のことではなかったと俺だってわかる。おそらく、俺が想像もつかないような大変な思いもしたんだろう。おまえには日本人の血が入っているし、ヤシの木の揺《ゆ》り籠《かご》で育ったジャングルの野生児だ。仕方なく引き取ったとはいえ、亡くなった前当主がおまえの存在をそう簡単に認めたとは思えない」

心配をかけたくないと思って、家族に泣き言を言ったことはなかった。

だけど、彼らはわかっていたのだ。ホームシックにかかった蓮のために、鏑木がエルバを迎えに行ったことで、状況を察したのかもしれない。

もしかしたら、遠くから案ずるだけで、なにもできない自分たちを歯がゆく思っていたのかもしれなかった。

「前当主を納得させるのは大変だったはずだ。だが、おまえはそれをやってのけた。彼の死後は、その若さでシウヴァの当主としての務めを立派に果たしている」

アンドレが、心からそう思っていることが伝わる声で「……すごいよ」とつぶやく。

「俺は、おまえという素晴らしい弟を持ったことが誇らしい」

そう言い切る顔は、迷いや葛藤を吹っ切ったかのように晴れ晴れとしていた。

「本当は昨日、立派に成長したおまえを見た瞬間に答えはわかっていた。もうおまえは俺の小さかったレンじゃない。シウヴァ帝国のリーダーなんだってな。それでも、一度きちんと俺の気持ちを伝えておきたかった。自分の未練にケリをつけるためにも、おまえの口からはっきりフッて欲しかったんだ」

冗談めかして笑ったあとで、少し寂しげな表情を浮かべる。

「…………」

蓮は兄の言葉に応えようとした。でも喉になにかが詰まったみたいになってしまい、声が出ない。

「今回思い切ってここに来て、シウヴァの人たちと話せてよかった。もっと一般庶民と距離があると思っていたが、俺ともフランクに接してくれたし、普通にいい人たちで安心したよ。なによりみんなが、おまえのことをファミリーとして愛しているのが伝わってきた。おまえが彼らとのあいだにきちんと絆《きずな》を築き上げてきた証拠だ」

あたたかな眼差しと労《ねぎら》いの言葉。

物心ついた時から側にいて、常に自分の先に立って手を引き、時に叱り、時に励ましてくれた——大好きな兄。

その姿が、ぼやけていく。

「おまえは俺の弟だ。これまでもそうだったが、この先も家族だ。なにかあったら必ず、俺たちがいることを思い出してくれ。父さんも母さんも俺も、いつだっておまえの幸せを祈っている」

なんとか我慢しようと思ったけれど、堪えきれず、ついに涙の粒が弾けた。一度堰《せき》を切って溢れてしまうと、もう止まらない。次から次へと透明な雫《しずく》が頬を伝った。

「アンド……アンド、レッ……」

嗚咽《おえつ》を漏らす蓮に、アンドレがナプキンを手渡してくれる。

「ほら、これで拭《ふ》け。今日もこれからシウヴァの当主の仕事があるんだろう？　赤い目をしていたら心配されるぞ？」

兄らしい気遣いの言葉にうなずき、渡されたナプキンで顔を覆った。むせび泣く蓮に驚いたエルバが、慰めようとして脹ら脛に体側《たいそく》をすり寄せてくる。あたたかいエルバの体がなおのこと嗚咽を誘った。

「ふっ……ぅっ……う、っ」

感謝の気持ちと、自分への恥ずかしさがごちゃ混ぜになって、涙が溢れて止まらない。もはや堪えることを放棄した蓮は、兄の前で子供に戻って泣きじゃくった。

怒って帰ってしまうんじゃないかなんて考えた自分が恥ずかしい。

アンドレは、そんな狭量な人間じゃなかった。

いつだって〝弟〟のことを一番に考えてくれる〝兄〟だった。

ジャングルみたいに広くて大きな心の持ち主だった。

遠く離れていても、家族はずっと自分を支えてくれていたのだ。

近くにいた鏑木、エルバ、ロペス、ソフィア、アナ、ジン。

遠くにいたアロルド、ナタリア、アンドレ。

二つの大きな愛があったからこそ、自分は今日という日までやってこられた――それを実感する。

何度もしゃくり上げて、少しずつすすり泣きが収束していくのを、アンドレは黙って待っていてくれた。

「あり……がと」

まだぐずぐずの鼻声だったけれど、かろうじて声が出せるようになったので謝意を告げる。

「ご……めん」

一緒に帰れなくてごめんなさい。変わってしまってごめんなさい。

アンドレより好きなひとができてしまって……ごめん。

言葉にできない蓮の思念を汲《く》み取《と》ったかのように、アンドレが目を細める。

「こっちこそ悪かった。余計なことを言って悩ませてしまったな」

手を伸ばしてきて、蓮の頭に手のひらをふんわりと乗せた。ぽんぽんとやさしく二度叩き、涙でぐしゃぐしゃな顔を覗き込む。

「そういう顔をしていると、赤ん坊の時のまんまだな」

「あの……アンドレ」

「なんだ？」

　蓮は赤い目で、至近の兄を見つめた。

「シウヴァのこれまでのサポートのこと、お金は返さなくていいって言っても、きっと父さんもアンドレも首を縦に振らないっていってわかっているから言わない。でもそれを優先させて、アンドレがやりたいことを諦《あきら》めたり、無理をしたりするのはいやなんだ」

　これだけは、どうしても言っておきたかった。

「お願いだ。無理だけはしないって約束してくれ」

　切々とした蓮の訴えに耳を傾けていたアンドレが、「わかった」とうなずく。

「自分がやりたいことを優先させる。それは約束するよ」

　約束してもらって、最後のタスクをやり遂げた気分になった。

（よかった）

　これでアンドレの罪悪感という呪縛が、完全に解けたのかどうかはわからないけれど……。

　少なくとも、アンドレのこの先の人生を、阻《はば》むものはなくなった。

　ほっと安堵した蓮が、涙の痕をナプキンで拭き取ったタイミングで、フランス窓がコンコンコンとノックされる。

窓を開けてバルコニーに出てきたロペスが、いささか申し訳なさそうな声で「ご歓談中失礼いたします」と告げた。見るからについさっきまで泣いていましたという蓮の様子に気づいただろうが、素知らぬふりをしてくれる。

「お車の準備が整っております」

アンドレの飛行機の搭乗時間から逆算して、ロペスにリムジンを用意してもらったのだ。

「行こう」

蓮が席を立つと、アンドレも椅子を引いて立ち上がる。

「車寄せまで見送るよ」

そう申し出た蓮に、アンドレが微笑んだ。

「ありがとう」

いったん荷物を部屋に取りに戻ったアンドレと蓮は車寄せで落ち合った。

「トランクに積み込む荷物は……ないよな？」

「ああ、これだけだからな」

蓮が確認すると、アンドレが笑って肩のバックパックを揺らす。

「レンお兄ちゃま！」

その呼びかけに振り返った蓮は、別館に渡る小道から駆けてくる小柄な少女の姿に、「アナ?」と驚きの声をあげた。白いワンピースのアナの後ろには、ソフィア、そしてガブリエルの姿も見える。

小走りで駆け寄ってきたアナが、蓮とアンドレの前で止まった。顔を紅潮させ、息をはぁはぁさせながら、「お、お帰りになるって……聞いて」と囁《ささや》く。

「アンドレの見送りに?」

蓮の問いかけに、俯き加減のアナがこくりとうなずいた。

「もうお帰りになるなんて、ロペスに聞いて驚いたわ」

娘に追いついたソフィアが、アンドレに話しかける。

「もっとゆっくりしていらっしゃるかと思っていたのに」

「アルバイトがあるので、もともと一泊のつもりだったんです」

「用事は無事に済んだのかな?」

ソフィアの横に立ったガブリエルが質問を投げかけてきて、蓮はドキッとした。ちらりと窺《うかが》い見《み》たガブリエルの表情はにこやかだが、腹のなかでなにを考えているのかわからないのはいつもどおりだ。

(アンドレがなにを届けに来たのか、探りを入れているのか?)

昨日もそこを追及していたから、おそらく気になっているんだろう。

アンドレがどう答えるか、少し緊張して見守っていると、屈託のない笑みを浮かべて「はい、無事に」と言った。

「でも一番の目的はレンに会うことだったので、ひさしぶりに顔を見てじっくり話せてよかったです」

「そう……それはよかった」

ガブリエルも微笑み返す。さすがにこの場でそれ以上の言及は難しいと思ったのか、引き下がる気配を感じて、蓮は密かにほっとした。

ノートはすでに鏑木の手に渡っているが、ブルシャ生息地への〝地図〟が存在することを、できれば知られたくない。

「また遊びに来てください。それまでお元気で」

ガブリエルが差し出した手を、アンドレが握った。

「そうよ。ぜひまた遊びにいらして。ハヴィーナの観光名所もご案内したいし、ご一緒したいイベントもたくさんあるから、今度はもう少しゆっくり滞在して欲しいわ」

娘のことを思ってなのだろう、ソフィアも熱く再訪を促す。

「ありがとうございます」

ソフィアに礼を述べたアンドレが、アナの前に進み出た。屈《かが》み込《こ》むようにして話しかける。

「わざわざ見送りありがとう」

アナが真っ赤になって、ふるふると首を横に振った。その後、助けを求めるように母親を見る。ソフィアが首を縦に大きく振った。母の〝がんばって〟エールを受けてアンドレに視線を戻したアナが、一世一代の勇気を振り絞る。

「あ、あの……も、もしよかったら……その」

蓮も思わず胸中で、〝いけ！〟と発破をかけた。

「メ、メールアドレスを、お、教えてもらっても……いいですか？」

最後の「いいですか？」は、耳を澄まさなければ聞こえないほどか細い声だったけれども、なんとか言い切る。

「メアド？　構わないけど……」

やや戸惑い気味ではあったものの、アンドレがボトムのバックポケットから携帯を引き出した。アナは顔をぱあっと輝かせて、自分の携帯をワンピースのポケットから出す。アドレスを交換し合ったあとで、はにかみつつも「ありがとうございました」とお礼を言った。

「もっとお話ししたかったみたいなんですけど、レンとジン以外の若い男性に慣れていないから照れてしまったようで……アナのメール友達になってくださる？」

精神的にいっぱいいっぱいで、もうそれ以上は言えない娘の代役を、ソフィアが買って出る。

「俺なんかでよければ」

どこまでも好青年のアンドレは、にっこり笑って快諾した。携帯を宝物のように握り締めていたアナの顔が、歓喜でよりいっそう輝く。

アンドレの恋愛対象になるにはアナはまだ子供すぎるし、いいところ〝妹ポジション〟だろうが、数年後はわからない。ステップアップの第一段階として、ひとまずメアドをゲットできたのは大収穫だろう。

「よかったわね。アナ」

ソフィアがにこにこしながら、喜びで失神しそうなアナの肩を抱いた。

「飛行機の時間があるので、俺はそろそろ行きます。皆さん、いろいろお話ししてくださってありがとうございました。お邪魔しました」

全員に向かって挨拶をしたアンドレが、蓮に向き直る。

「じゃあ、レン。元気で」

「うん、アンドレも元気で……」

どちらからともなく歩み寄り、抱き合い、背中を叩き合った。抱擁《ほうよう》を解いたアンドレが、「またな」と言って、運転手がドアを開けた後部座席に乗り込む。

「近いうちにメールする！」

蓮の声に応えるように、アンドレが手を振った。

一同が見守るなか、黒塗りのリムジンが走り出し、噴水を回り込んで前庭を抜け、外門に続く道に吸い込まれていく。黒い車体が見えなくなるまで、蓮は手を振り続けた。

父の遺品のノートを届けてくれただけじゃない。

アンドレと話をして、気づけたことがたくさんあった。

ゆっくりと手を下ろし、新たな〝気づき〟を与えてくれた兄に、心のなかで感謝する。

（ありがとう……アンドレ）


週明けは、いつもなかなかエンジンがかからない。日曜にオフを取ると英気が養われるが、半面、休んだ反動でリズムが狂うのかもしれない。

とりわけ昨日はアンドレの突然の来館というサプライズがあり、精神的なアップダウンが激しかった。夜中に鏑木が忍んで来て、一緒に父のノートを読み、その内容にも心を揺さぶられた。

ブルシャ生息地への手がかりを掴んだ興奮が尾を引き、あまり眠れなかったせいもある。

寝不足と疲労感を、仕事相手に気取らせないように振る舞うのも、精神的な疲弊《ひへい》に拍車をかけた。

気を張って、いつもより意識的に背筋を伸ばし続けた一日がやっと――。

(……終わった)

目立った大きな失態もなく、つつがなく業務をこなせたことに安堵して、蓮は車窓を流れる夜景を眺めていた。帰館途中のリムジンの後部座席に座るのは、いつものメンバーだ。

秘書と側近代理のガブリエル、ボディガード。

ほどなく前方に『パラチオ　デ　シウヴァ』の外門が小さく見えてきて、覚えず息が漏れた。

ため息と同時に、家に帰ってきたという安堵感が湧く。

ここを我が家だと思うようになったのは、いつ頃からだったんだろうか。

アンドレとの再会は、自分にとってどこがホームグラウンドなのかを考えるきっかけとなった。

故郷のジャングルに帰るのは、日頃がんばっている自分へのご褒美《ほうび》だ。

密林に分け入り、熟れた果実のにおいを嗅《か》ぎ、動物や鳥の声を聞くと、細胞が生き返るのを感じる。

肉体がジャングルの精気を吸収し、パワーチャージされて、全身に活力が満ちる。

ふつふつとエネルギーが湧き上がり、いますぐ森のなかを駆け回りたい衝動に駆られる。

ジャングルで得られるリフレッシュは、いまの自分が感じているような、リラックスとは正反対のものだ。

自室に戻ってエルバを抱き締め、自分より高い体温を感じた瞬間に、知《し》らず識《し》らずのうちに緊張していた体の強ばりが解ける感覚。

ホームグラウンド故の脱力感は、『パラチオ　デ　シウヴァ』でしか味わえない。

昨日はひさしぶりにアンドレと会えて、本当にうれしかった。兄や育ての両親と過ごした幸せな日々を思い出すことができて、とても懐かしかった。

アンドレは相変わらずまっすぐで、誠実で、昔のまんまの〝兄〟だった。

やさしく抱き締められ、当時と変わらないアンドレのにおいに包まれて幸福を感じた。

でもやっぱり、鏑木に抱き締められた時の——体の奥深くから発熱して、全身が蕩《とろ》けそうな歓喜には及ばない。

二人を比べるのもおかしな話だとわかっている。

だけどアンドレと再会したことで、自分にとって鏑木は、誰とも取り替えがきかない、かけがえのない存在なのだと改めて思い知らされた。

（……鏑木）

恋人の体温を思い起こしたせいか、すごく会いたくなる。

昨夜会えたけど、恋人らしい触れ合いはキス止まりだった。

最後に抱き合ったのは、もうだいぶ前だ。

鏑木がシウヴァを辞めて以降、思うように恋人としての時間を持てないのが、仕方がないこととはいえ、もどかしい……。

「レン様、到着いたしました」

秘書の呼びかけに物思いを破られ、蓮は小さく肩を揺らした。いつの間にかリムジンが、『パラチオデ　シウヴァ』敷地内の車寄せに横付けされている。

運転席から回り込んできた運転手が、後部座席のドアを開け、蓮は石畳に降り立った。続いてガブリエル、秘書、ボディガードの順で降車する。後続の護衛用のリムジンからも、ボディガード二名が降りてきた。

「レン様、本日もお疲れ様でした。明朝ですが、今朝と同じ時間にリムジンを手配いたします」

秘書の言葉に、蓮は「わかった」とうなずく。

「ガブリエル様もお疲れ様でした。明日もよろしくお願いいたします」

「お疲れ様。では明朝も同じ時間に」

明日のスケジュールの確認は車内で済ませてあったので、短いやりとりののち、解散となった。秘書は運転手と打ち合わせを始め、ボディガードたちも申し送りのために一カ所に集まる。

彼らと別れて、蓮とガブリエルは歩き出した。これといった会話もなく大階段の下まで行き、そこで「お疲れ」「お疲れ様」と挨拶をし合う。その後、蓮はエントランスホールに続く大階段を上り始めた。

大階段の下でガブリエルと別れて、蓮は本館、ガブリエルは敷地内の一角に建つ別館に向かうのがいつものパターンだ。

「ああ、そうだ、レン」

だが、今日に限って呼び止められた。

振り返ると、ガブリエルが階段を上がってくるのが見える。蓮より、二つ下の段で足を止めた。ちょうど視線が同じ高さになり、海の底のような青い瞳と正面からぶつかる。トクッと心音が乱れた。

なんだ？

うっすら眉根を寄せた直後に思い当たった。

（ひょっとして、アンドレの件？）

アンドレが自分になにを届けに来たのかを追及する気か？

あのあとなにも訊《き》いてこなかったから、てっきりその件は終わったものだと思っていたけれど、二人になるチャンスを窺っていたのかもしれない。

たとえそうであったとしても、本当のことを馬鹿正直に答えるわけにはいかない。どんなにしつこく問《と》い質《ただ》されてもシラを切ろうと腹を据え、蓮はガブリエルの目をまっすぐ見返した。

「なに？」

「一つ報告がある。本館の裏に、十年ほど前まで通用口として使われていた門があるのを知っているか？」

「……っ」

思いもかけない方角からの攻撃に、声が漏れそうになるのを、なんとか堪える。

旧通用口。広大な『パラチオ　デ　シウヴァ』を囲む塀の、本館の裏側に位置する門。昔は使用人や出入りの業者が通用口として使用していたが、新しい通用口が設置されて以降は閉鎖されている。過去の遺物として人々に忘れ去られた旧通用口は、しかし、蓮にとっては大きな意味を持っていた。

外部からの不法侵入者を防ぐために、『パラチオ　デ　シウヴァ』には、厳重な警備網が張り巡らされている。要所要所に取り付けられた監視カメラのみならず、警備上の重要ポイントには屈強な警護スタッフが立つ。

それらの警備網を潜り抜けて出入りができる、ただ一つの抜け穴が旧通用口だ。

かつて同居する前のジンが使用し——現在は鏑木が敷地内への出入り口として使用している。以前は、ジンが遊びに来るたびに蓮が門を開けに行っていたが、いまは鏑木が自由に出入りできるよう、閂《かんぬき》を外したままにしてある。

「……知っている」

掠《かす》れた声で肯定した蓮は、できる限り平静を装い、「その門がどうかしたのか」と続きを促した。

「今朝、館内を巡回していた警護スタッフから報告を受けたんだが、どうやら門が外れていたようだ。錠もなかった。これでは不法侵入者が外部から敷地内に侵入できてしまう」

「…………」

「閉鎖されて十年以上経っているから、旧通用口の存在自体、知る者はごくわずかだとは思うが、新たに錠をつけるように指示を出しておいた。念のために、しばらくのあいだ付近の警護も強化するつもりだ」

（閉鎖……された？）

驚きと衝撃で頭が真っ白になる。

「緊急を要する案件だったので、事後承諾になってしまってすまない」

殊勝な顔つきで謝られても、リアクションができなかった。見開いた目で、ただガブリエルを見返すしか術《すべ》がない。

（ばれていた？）

そうとしか思えない。今朝、警護スタッフから報告を受けたなんてきっと嘘だ。旧通用口は警備ポイントから外れており、意味もなくスタッフが立ち寄るような場所じゃない。

鏑木が夜間に館内に忍んで来ていることを知ったガブリエルは、水面下で侵入ルートを探っていたのだ。そうして捜索の末に、旧通用口に辿り着いた。

もしかしたらガブリエルは、証拠を摑むために監視カメラを取りつけていたのかもしれない。そうとは知らず、昨夜、鏑木は裏門を使って部屋に来た。

監視カメラの映像をチェックして、旧通用口が侵入ルートであるという確信を得たガブリエルは、すかさず門を閉鎖した——。

そこまでの推論に至った瞬間、すーっと血の気が引くのを感じる。

新しく門に取りつけた錠の鍵を寄越せと言えば、「なぜ、閉鎖された通用口の錠の鍵が欲しいのか」と訊かれるのは必定だ。

その問いに対する的確な答えは自分のなかにない。

もし仮に、当主権限で強引に錠の鍵を奪い取ったとしても、警護を強化されていては旧通用口に近づけない。

いずれにせよ、鏑木は今後『パラチオ　デ　シウヴァ』に入れない。

（……入れない）

呆然と立ちすくむ蓮に、ガブリエルが「話はそれだけだ」と言った。

「引き留めて悪かった。おやすみ、レン」

端整な唇に薄く笑みを刷《は》き、片手を挙げて踵《きびす》を返す。階段を下りていく均整の取れた後ろ姿を、蓮は硬直したまま見送った。

革靴のソールが石畳を叩く音が遠ざかっていく。長身が闇に溶けて消えても動けずに、その場に立ち尽くした。

やがて夜の冷気と一緒に、残酷な現実が忍び寄ってくる。

もう、いままでのようには、鏑木と会うことはできない。

二度と自分の寝台で抱き合うことはできないのだと覚った瞬間、冷気のせいだけではない悪寒が足元から這い上がってきて、蓮はぶるっと身を震わせた。


「ただいま、エルバ」

寝室から迎えに出てきたエルバに、上の空で挨拶をする。蓮は自室に戻るやいなや、脱いだジャケットをハンガーにかける手間さえ惜しみ、ネクタイを片手で緩めながら、鏑木の携帯に電話をかけた。運よく鏑木は一発で捕まり、つい先程のガブリエルとのやりとりを伝えることができる。

『そうか』

ひととおりの説明を受けた鏑木の返答は、短い一言だけ。声自体は低めであったが、思っていたより落ち着いていた。〝世界が終わった〟くらいの絶望感のまっただなかにいた蓮は、恋人のリアクションが腑に落ちず、「なんでそんなに平然としているんだよ？」と食ってかかる。

「もう外部から『パラチオ　デ　シウヴァ』に出入りできないんだぞ⁉」

『平然としているわけじゃない。それなりにショックは受けている』

蓮の感情的な追及に対しても、鏑木はあくまで冷静だった。

『――ただ』

「ただ？」

『ガブリエルに、俺とおまえが内通しているのを知られた時点で、こうなるのは時間の問題だと覚悟していた』

どうやら、鏑木にとってこの展開は想定内だったらしい。

『やつが俺の侵入ルートを見つけるのが先か、俺たちがやつの正体を暴く証拠を見つけるのが先か、賭けだと思っていた』

「……その賭けに負けた？」

『そういうことになるな』

あっさり認められ、蓮は携帯をぎゅっと握り締めた。

脳裏に、最後に見たガブリエルの、勝ち誇ったような微笑がフラッシュバックする。

あの男に負けた……。

鏑木が負けを認めたということは、つまり、この件に関して打つ手がないということだ。

焦燥と落胆、不安と絶望がごちゃ混ぜになった真っ黒い感情が押し寄せてきて、瞬《また》く間《たま》に体の隅々まで行き渡り、全身を支配される。

「……いやだ」

蓮は震える喉の奥から、しゃがれた声を押し出した。

『蓮？』

鏑木がガブリエルに対して負けを認めたのもいやだったけれど——なによりいやなのは。

「このまま鏑木と会えなくなるなんて……いやだ」

『……蓮。これまでが幸運だったんだ。「パラチオ　デ　シウヴァ」の警備は堅牢だ。それは俺が一番よく知っている。そんな状況下で、閉鎖されたまま忘れ去られた通用口があり、そこがたまたま警備ルートから外れていて、外部から出入りできたのは幸運が重なった結果だった』

言い含めるような物言いに、奥歯を食いしばる。

『この先も、まったく会えないわけじゃない。俺がそっちに出向くのは難しいが、おまえが外出の際に会う機会を作ることは不可能じゃない』

「不可能じゃないって言ったって……ほぼ不可能だろ？　いまの日程のどこにそんな隙があるんだよ？ガブリエルにも見張られているし……」

つっかかる蓮を、鏑木が『はじめから諦めていたら何事も成せない』と諭した。

『それに、ジャングルに行けばずっと一緒にいられる』

「ジャングルって……いつの話だよ」

慰めの言葉を素直に受け入れられず、やさぐれた声が零れる。

鏑木が悪くないのはわかっていた。

この件に関しては誰も悪くない。強いて言えばガブリエルが悪いが、そこを責めても気が晴れるわけではなかった。

仕方がないんだ。こうなってしまったんだから、結果を受け入れるしかない。

頭ではわかっていたが、感情は別物だった。

蓮にとって、鏑木との逢瀬の時間は〝ご褒美〟だった。ご褒美があるからがんばれた。

頻繁に会うことはできなくても、二人の時間が持てるという希望が心の支えだった。

その希望を、いきなり断ち切られたショックは計り知れない。

逢瀬の時間が少ないことに不満を抱いていたけど、いま思えば贅沢《ぜいたく》だった。

もっともっと、一分一秒を大切にすべきだった。

失ってから気づいても遅すぎるけれど……。

いつだって自分はそうだ。鏑木が側近だった時は、それが当たり前だと思っていて、彼がシウヴァを辞めてから、どんなに恵まれていたかを思い知らされた。いつも気がつくのが遅いのだ。

(だけどまさか、唯一残されていた希望まで奪われてしまうなんて……)

『電話で話せるし、メールのやりとりもできる』

耳許で、鏑木が根気強く慰めの言葉を紡いでいる。けれど、落ち着いた声音は、蓮をますます落ち込ませた。

もう会えなくなるかもしれないのに……少なくとも次にジャングルに行くまで、二人の時間を持てないことが確定したのに、なんでそんなに平然としていられるんだ。

こっちを宥《なだ》め賺《すか》す余裕がある恋人が憎らしかった。

大人だから？

ショックを受けているのは自分が子供だから？　精神的に未熟だから？

でも、相手を好きな気持ちに大人も子供もないはずだ。

『会えないからといって俺たちの関係が変わるわけじゃない。俺たちの絆はそんな脆弱《ぜいじゃく》なものではないはずだ。そうだろう？』

大人の恋人に諭されれば諭されるほどに、気持ちがずぶずぶと沈んでいく。

そんなふうに言うってことは、しばらくは会えないと、鏑木に肯定されたのも同義だ。

思うように会えなくても、ずっと我慢してきた。稀に会えた際も、ほかにプライオリティが高い事案があれば、そちらを優先させてきた。

なによりも最優先すべきはシウヴァ。

次にブルシャの秘密を守ること。

そう思って個人の欲求は極力封じ込め、わがままを言っちゃいけないとみずからに言い聞かせて。

我慢して、我慢して……その結果がこれ？

どんどんどん、会えなくなっていく。

ガブリエルによって、じわじわと引き離されていく感覚が怖い。

同じように会えないのでも、その気になれば会える状況と、物理的に会えない状況じゃぜんぜん違う。雲泥の差だ。

なのに、こんなに不安になっているのは自分だけで……鏑木とシェアできていない。

肉体の距離より、心の距離のほうが遠くて——。

（苦しい）

『離れていても、俺はおまえの側にいる。いつだって側にいる』

説得を重ねる鏑木の声を耳に、重苦しいフラストレーションがいつしか喉元まで膨れあがっていて、気がつくと口から溢れ出ていた。

「……だったら抱けよ」

『蓮？』

「いますぐ、抱けよ！」

鏑木が虚を衝《っ》かれたように息を呑む。

「できないだろ？」

『…………』

「俺がして欲しい時、キスすることも抱き締めることもできないのに、会えなくても俺たちは大丈夫だなんて、きれいごと言って欲しくないっ！」

鬱積《うっせき》を爆発させて叫んだ。

これが八つ当たりだということは、頭ではちゃんとわかっていた。

だけど、もっともらしいお為《ため》ごかしで丸め込もうとする鏑木に腹が立って、黙っていられなかったのだ。

一言でいい。会えなくなって寂しいと言ってもらいたかった。建前じゃなくて本音が聞きたい。

一緒に不安な気持ちを分かち合いたかった。

『——わかった』

不意に低い声が届き、携帯を握る手がぴくっと震える。

「鏑……木？」

『抱いてやる』

耳を疑った。確かに「抱けよ」と言ったけれど、そう返されるとはゆめゆめ思っていなかったからだ。

心のなかの疑問が言葉になって出る。

「だ、抱くってどうやって……？」

その問いには答えず、鏑木が命じた。

『このまま寝室へ移動しろ』

「寝室？」

『いいから行け』

有無を言わせぬ強い口調にごくっと喉を鳴らし、横目で寝室を見る。逡巡していると、『移動したか』

と訊かれた。「まだ」と答えたら、『早くしろ』と急き立てられる。

押し殺したような低音が威圧的で、いつもの鏑木らしくない。でも先に煽《あお》ったのは自分だし、ビビっているると思われるのもシャクだったので、携帯を耳に当てたまま寝室に向かった。当たり前のようにあとをついてきたエルバに、「少し一人にさせてくれ」と頼み、鼻先でドアを閉める。

「グォルルウ」

不服そうな唸り声に耳を塞ぎ、壁際のスイッチに触れた。オレンジ色の間接照明が数カ所で点る。

「寝室に入ったけど」

『寝台に乗れ』

今度は寝台に乗れと指示がきた。先が読めない展開に緊張しつつ、携帯を首と肩のあいだに挟んで靴を脱ぐ。

「寝台に上がった」

『これからおまえを抱く』

「えっ……」

意味がわからなくて、動揺した声が出た。しかし鏑木は蓮の困惑に取り合わず、『携帯のスピーカー機能をオンにしろ』と命じてくる。

恋人の意図は読めないけれど、ここまで来たら乗りかかった船だ。腹をくくり、言われたとおりに携帯のスピーカーボタンをタップする。

『したか？』

スピーカーから鏑木の声が聞こえてきた。

「した」

これでハンズフリーになったので、携帯を傍らに置く。

『いまどんな格好をしている？』

「戻って来たばかりだからまだスーツ。ジャケットは脱いだけど……」

『ネクタイは？』

「緩めただけ」

『じゃあ、まずはそこからだな。ネクタイを解いて外すんだ』

「ネクタイを？」

『抱き合うのに邪魔だからな』

そんなことをさらりと言われて、「あ……うん」と相槌《あいづち》を打ったものの、頭のなかは疑問符でいっぱいだった。

（抱き合う？　本気で言っているのか？）

確認したかったが、電話の声がなんとなく、こちらの追及を拒む雰囲気で……。

戸惑いながらも、途中まで緩めてあったネクタイを解き、しゅっと首から引き抜いた。説明せずとも、それを衣擦れの音で察したらしい鏑木が、『次はシャツだ』と言う。

「シャツ？」

『シャツくらい自分で脱げないのか？』

揶揄《やゆ》するような口調にカチンときて、「脱げるよ」と言い返した。苛立った手つきで第一ボタンから外していき、裾をトラウザーズから引き抜いて、さらに外す。最後のボタンを外すと、シャツの前合わせが全開になり、素肌に直接空気が触れた。

「全部脱ぐの？」

『全部だ』

肯定されたので、シャツを脱ぎ捨てる。上半身裸になった蓮は「次は？」と尋ねた。ここまできたら、気分は俎上《そじょう》の鯉《こい》だ。

『ベルトを外してトラウザーズを脱げ。下着もだ』

「ええっ」

腹をくくったつもりだったが、この命令には驚きの声が出た。

「下着までって、裸になるってこと？」

『恥ずかしいのか？　誰が見ているわけでもないのに？』

「……………っ」

今夜の鏑木はなんだか底意地が悪い。挑発的な物言いにむっとした蓮は、むくれ顔で「わかったよ。脱ぐよ」と返事をし、ベルトに手をかけた。バックルを外してファスナーを下ろし、トラウザーズを脱ぎ取る。いよいよ最後の一枚だ。下着のウエストゴムに手をかけた段で少し躊躇《ちゅうちょ》する。

確かに鏑木の言うとおり、誰が見ているわけでもない。こんなの普段の着替えと同じはずだ。それなのに、なんだか背中がむずむずして落ち着かない。

どこからか誰かに見られている——そんな感覚を振り払うように、思い切って一気に下げた。足首から下着を抜き取り、寝台の足元に投げる。これで、体を覆うものはなにもなくなった。掛け値なしの全裸だ。室内だけど、夜間で気温も下がっているのでちょっと肌寒い。

こんなふうに一人で寝台の上に全裸で横たわることなど、滅多にないことだ。裸になるのはバスを使う時か、鏑木とベッドで愛し合う時と決まっていた。今夜はそのどちらでもない。

初めてのシチュエーションに、当惑とかすかな興奮を覚える。

「全部脱いだ」

蓮の報告に『よし』といういらえが届き、続けて『おまえの目には、いまなにが見えている？』という質問が投げかけられた。

（なにがって……）

枕に背中を預けた蓮は、ベッドサイドの間接照明に浮かび上がる自分の裸を見る。肌の色は、男にしてはなまっちろい。髪や瞳の色は日本人の父譲りだが、どうやら肌には母方の血が濃く出たようだ。もっとも、子供の頃は年中褐色に焼けていて、自分の本来の肌色を知ったのは、ハヴィーナに来てだいぶ経ってからだった。

手足はひょろりと長く、筋肉はまったくついていないわけではないが、全体的に盛り上がりが控えめだ。平たい腹部の下にはこぢんまりとした茂みがあり、アンダーヘアに埋もれた性器は、突然外気に晒《さら》された戸惑いに萎縮していた。

総じて理想とする体つきからは程遠く、見るたびにがっかりする。

蓮の目指すところは、鏑木のような肉体だ。体幹自体に厚みがあり、頑強な骨に適度な筋肉がついていて、締まるべき場所は引き締まっている。ビーチで見せびらかすためだけの無駄に〝大きい〟筋肉とは異なり、軍人時代からのたゆまぬ鍛錬で鍛え上げられた本物だ。

鏑木も日系で、日本とイタリアの血がブレンドされている。ポルトガルと日本の混血《ミックス》である自分と、大きく条件は違わないはずなのに、どうしてこうも違うのだろう……。

もはや恒例となっているコンプレックスを今夜もこじらせつつ、ダウンタウンの部屋で返事を待っている恋人には「自分の裸」と答える。ほかに答えようがなかった。

『残念ながら俺には見えないから教えてくれ。乳首は何色だ？』

「……………っ」

鏑木は普段あまりそういった生々しいワードを口にしないので、びっくりして息が止まる。息を止めたまま、視線を自分の胸に移動させた。ぽつり、ぽつりと小さな突起が二つ、視界に映る。

『蓮、何色だ？』

返答を促す声が聞こえて焦った。

自分の乳首の色なんて考えてみたこともなかった。

「えっと……」

「肌よりは濃くてうっすら色づいている感じ……ベージュの少し濃い色？」

なんとかやっと答えたら、今度は『大きさは？』と訊かれる。まるで尋問だ。

「大きさ？　珈琲豆くらい？　いや、もうちょっと小さいかも」

『自分で摘んで確認してみろ』

指示どおりに、両方の乳首を摘んでみた。ぴりっと痛みに似た刺激が走る。

ずいぶんと昔、まだ鏑木と恋人同士になる前、受け止めてもらえる宛てのない欲望を持て余し、自分で自分を慰める際に乳首を弄《いじ》っていた。でも自分ではどうしても、鏑木の愛撫を再現できなかったことを思い出す。

『どうだ？』

「うん……指の先で摘むのにちょうどいいくらいの大きさ……」

『硬さは？』

「やわらかくてふにゃふにゃしている」

『やわらかいか。俺が弄ってやると、すぐ硬くなるのにな』

鏑木の低音が急に甘みを帯びて聞こえ、ドキッとする。跳ねた鼓動と呼応するように、摘んでいた乳首がじわっと疼《うず》いた。

「あっ……」

『どうした？』

「硬くなってきた……」

指先に跳ね返すような弾力を感じる。

『引っ張ってみろ』

促されて、そのグミのような突起をきゅうっと引っ張った。乳頭がつんと尖《とが》る。

「尖った！」

『よし、上手いぞ』

褒《ほ》められてうれしくなった。子供の頃、鏑木に褒められたくて、勉強やスポーツをがんばった記憶が蘇ってくる。

「次はどうすればいい？」

『俺がいつもどんなふうにかわいがっているかを思い出せ』

目を瞑《つぶ》り、恋人がどうやって胸を弄るかを思い起こした。

（確か……）

きゅっきゅっと強く引っ張ったかと思うと、一転してやさしくさすったり、乳暈《にゅううん》を指の腹で撫でたり、先端に爪で刺激を入れたり。

絶妙な強弱と多様なアプローチを思い浮かべて気後れが先立つ。あんなふうにできるだろうか。

その逡巡を見透かしたかのように、鏑木が誘導してくれる。

『芽吹いた芽を育てるように、やさしく膨らませていくんだ』

「やさしく……膨らませる？」

（はじめはソフトにってことか？）

言われたとおりに、摘んだ乳首にソフトタッチの愛撫を加えた。

『膨らんできたか？』

「うん……ちょっと大きくなってきた」

『ある程度の大きさになったら、今度は人差し指と中指で挟んで引っ張る』

耳許の言葉に従い、二本の指で挟んで引っ張った。

刺激を加えたそこが、だんだん熱くなってくる。ジンジンと熱を帯びた乳頭が、目視でわかるくらい迫《せ》り出《だ》してきた。赤みを増し、質量もいまやしっかりとした存在感を示している。赤く腫《は》れたしこりを指の先で転がしたり、捻《ひね》ったりする〝遊び〟に、蓮は夢中になった。

指先のしこりはどんどん育っていき、やがて乳頭から端を発した熱と痺れが、じわじわと伝播《でんぱ》して体全体に広がっていく。

(……熱い)

熱の塊《かたまり》が肺から迫り上がってきて、吐息となって零れた。

「っ……ふ」

顔を仰《の》け反《ぞ》らせた刹那、深みのある低音で『蓮』と名前を呼ばれ、「んっ」と高い声を放つ。くにゅりと押し潰した乳頭からぴりっと甘い電流が走った。

『気持ちいいか?』

「ん……気持ち……い……」

『感じやすくなったな』

感嘆めいた囁きに、ぞくぞくと背筋が震える。

昔は自分で弄ってもぜんぜんよくならなかったのに……体が変わったということなんだろうか。

鏑木と愛し合うことで感じやすくなった? 鏑木によって体が作り替えられた?

そう思った瞬間、さっきまで叢《くさむら》のなかで大人しくしていた欲望がぴくっと反応する。

「あっ、勃《た》っ……」

『勃ったか？』

問いかけられて、「……少し」と答えた。乳首だけで、しかも自慰で勃つなんて、なんだかいたたまれない。けれど、いったん〝熱〟が生まれてしまったら、その〝熱〟を外に放出しない限り収まらないのは、経験則からわかっていた。

(どうしよう)

息を荒くしてじっとしていたら、状況を察した鏑木が『そのままじゃ苦しいだろう？』と訊く。

「……うん」

〝プロフェッサー鏑木〟は、蓮の欲求を的確に拾い上げてくれた。

『よし、乳首は上手にできたから次に進もう』

期待を込めて「ペニス？」と尋ね、『そうだ』と肯定される。やった！

いそいそと手を伸ばし、アンダーヘアを掻き分けて勃ち上がりかけていた欲望を、ゆるく握る。すでにすごく熱かった。

「握った」

『右手か？』

「うん」

『じゃあ、左手は乳首に戻せ』

左手は、まだ尖ったままの乳首を摘む。指示に従ったほうがより大きな快感が得られるとわかっていたが、早くペニスを扱《しご》きたくて、腰がうずうずと揺れた。

「動かしていい？」

我慢できずに伺いを立てる。

『いいが、左手をおざなりにするなよ』

お許しが出たので、そろそろと両手を動かし始めた。

はじめは、右手と左手のバランスに気を配っていたが、ほどなく右の手のひらで扱いた場所から濃厚な快感が染み出《しだ》してきて、そんなことを考えていられなくなる。もっとダイレクトな刺激が欲しくて、左手を乳首から離し、陰嚢《いんのう》を握った。右手で竿《さお》を扱き、左手で袋を揉み込む。

さほど間を置かずに欲望は完勃起《かんぼっき》して、先端から透明な蜜が滲み出した。

「んっ、ふっ……んんっ」

鼻から、喉から、甘い息が漏れる。くちゅっ、ぬちゅっと、溢れて滴ったカウパーが手のなかで水音を立てる。

『……すごい音だ。びしょびしょに濡れているな』

（聞かれている！）

淫らな濡れ音や、感じている声を鏑木に聞かれているのだと思ったら、さらにペニスがぐんっと反り返った。蓮は目を閉じて、眼裏《まなうら》に恋人の姿を蘇らせる。

欲情に濡れた灰褐色の瞳。自分を組み敷く逞《たくま》しい腕。火傷《やけど》しそうに熱くて固い体。自分を貫く灼熱の楔《くさび》。

情熱的な腰使い。滴る汗。強烈なフェロモン。

「は……あ……鏑木っ……」

譫言《うわごと》のように名前を呼び、激しく両手を動かして、絶頂への坂道を駆け上がろうとした。が、頂《いただき》に行き着く前に失速してしまう。

（くそっ）

イケそうでイケないもどかしさに、蓮は舌打ちをした。

足りない。決定打が足りない。

当たり前だけど、脳内イメージの恋人は、本物には遠く及ばない。

いまこの瞬間ほど、物理的な距離が歯がゆく感じられたことはなかった。

『——どうした？　蓮？』

鏑木の気遣わしげな声が傍らから聞こえる。

声の発信源である携帯を摑み、脚を大きく開いた。M字に開脚した股間から、少し離れた場所に携帯を置く。携帯を見つめて右手でペニスを握り、左手をさらに奥まで伸ばした。腰を浮かせ、左手の指をアナルにつぷっと押し込む。

「……っ……」

疼痛《とうつう》に顔が歪んだが、引《ひ》き攣《つ》るような痛みをねじ伏せて指を出し入れし始めた。同時にペニスをぬくぬくと扱く。ふたたびカウパーが盛り上がり、シャフトを伝って後孔を濡らした。先走りのぬめりを借りて、抽挿《ちゅうそう》のテンポを速める。にちゅ、ぬちゅという粘ついた音が室内に響いた。

『――――』

携帯は、状況を見極めるために耳を澄ませているのか、無音。蓮は喘《あえ》ぎながら「鏑木」と呼びかけた。

「……聞こえてる?」

『…………ああ』

喉に絡んだ掠れ声が認める。

「俺が後ろを指で弄ってる音……聞こえる?」

息を呑む気配がした。ごくっと嚥下《えんげ》する音が続く。

『……蓮』

「ん……これでイケる……かも」

切なくひとりごちると、『待て』と待ったがかかった。

鏑木の声からは、先程までの鷹揚《おうよう》さは鳴りを潜め、ぴりっとした切迫感が聞き取れる。

『まだだ』

『俺がおまえの〝なか〟に入ってからだ』

「え?」

(〝なか〟に入る?)

面食らっているうちに、携帯のスピーカーから、カチャカチャというベルトのバックルの金属音とファスナーを下ろす音、ボトムの前をくつろげているらしき衣擦れの音が聞こえてくる。

もしかして、鏑木も一緒に?

『いまから、おまえの〝なか〟に入る』

「……っ」

『いいか？　入れるぞ』

覚悟を問うがごとき低音にうなずき、蓮は指を二本に増やした。単純計算で倍の質量だ。一本の時とは異なる急激な圧迫感に「あっ……あぁ」と嬌声《きょうせい》が零れる。

「入って……くる」

『ああ……おまえの〝なか〟はすごく……熱い』

感じ入ったような低音が耳殻《じかく》に忍び込んできて、首筋がぞわぞわと粟立った。指を三本に増やす。

「鏑木も……大き、い」

まるで本当に鏑木が入ってきたみたいに、アナルが熱を帯び、収斂《しゅうれん》して、三本の指をきゅうきゅうと締めつけた。蓮は喉を大きく反らし、背中をたわませる。突っ張った両足の爪先が、ベッドリネンの海を泳いだ。秒速で射精感が募っていく。

「あっ……あーっ」

『俺をきつく締めつけてくる……蓮、最高だ』

「鏑……木……おねが……もっと、いっぱ、いっ」

最奥《さいおう》まで貫いて欲しい。

みっしりと充《み》たして、荒々しく掻き混ぜて欲しい。

『おまえの〝なか〟をすべて俺で埋めた』

まさしく蓮の希望どおりに、誇らしげな宣言がなされ、ずしっと下腹部に突き刺さった。

携帯から性器を扱く濡れた音と、ふっ、ふっという荒い吐息が聞こえてきて、太股の内側がビリビリと痙攣《けいれん》する。

鏑木も感じている。共に高まっている。その一体感こそが最高の媚薬。

「イ……くっ……あ……イクッ」

ぎゅっと強く目蓋《まぶた》を閉じた眼裏に、白光が煌《きら》めいた。

『蓮……出すぞ』

「……来て！　出してっ……かぶら、ぎ……ぅッ」

辺りを憚《はばか》らずに大きな声をあげ、びゅくっと白濁を噴き上げる。一回出しても収まらず、腰を前後に振って、二度、三度と射精し続けた。

「はぁ……はぁ」

溜まっていたものを出し切り、しばらく放心する。ゆっくりと脱力して、枕に後頭部をぽふっと沈めた。

「…………」

天井を見上げ、胸を上下させて絶頂の余韻に浸っていた蓮は、不意にがばっと起き上がった。足元から携帯を拾い上げ、「鏑木？」と話しかける。

「……ちゃんとイッた？」

『ああ……おまえと同時に達した』

心なしか虚脱して聞こえる声に、ほっとする。

離れていても、一緒にイクことができた。よかった。それはよかったけれど。

「でも」

『でも？』

鸚鵡返《おうむがえ》しにする鏑木に、蓮は強い口調で主張する。

「やっぱり本物がいい。本物の鏑木がいい」

『……そうだな』

携帯の向こうで、鏑木がふっと笑った。

『それに関しては俺も同感だ』

VI

その日、『パラチオ　デ　シウヴァ』の敷地内は平素と変わりなく静寂に包まれていたが、一歩外に出ると、リムジンのなかからも〝特別な日〟であることがわかった。

祝祭《カーニバル》の初日である今朝は、車窓に流れる街も人も、どことなく浮き足立って見える。

街角の華やかな飾りつけ。建物のエントランスに翻《ひるがえ》る国旗。擦れちがう車のミラーにぶら下がった花飾り。

顔から裸の上半身にかけて、トライバル風のペイントを施した男性。原色の赤、黄、緑など、カラフルな衣装を身に纏《まと》った女性。お揃いのミサンガやネックレスをつけた子供たち。打楽器を打ち鳴らす若者。リズムに合わせて路上で踊り出すグループ。――いずれからも、祭りのスタートが待ちきれないといった興奮と熱気を感じる。

サンバの祭典であるカーニバルは、年に一度、中南米の各地で開かれるが、開催時期も様式もその土地によって様々だ。

世界的に有名なのは、やはりリオのカーニバルだろう。

もともとサンバは、バイーア地方のアフロブラジル音楽を起源として、リオデジャネイロで生まれた。

サンバを楽しむ人々の輪は、たちまち貧民街《ファベイラ》に広がり、やがて自然発生的に「ブロコ」と呼ばれる小さなグループが誕生した。ブロコが組織化されたものが「エスコーラ・ジ・サンバ」――サンバの学校だ。この団体が中心となり、現在に継承される「統一されたテーマでチームを作り、競い合う」というルールが出来上がった。

リオのカーニバル会場は、「サンボードロモ」と呼ばれる専用スタジアム。すり鉢状のスタンドには、九万人の観客が詰めかける。行進《パレード》では、各チームが九十分の持ち時間を使って、全長七百メートルに及ぶ花道《コース》を練り歩く。それぞれがテーマを掲げ、多彩な踊りや複雑な振り付け、オリジナルのテーマ曲、斬新な舞台装置、華麗な衣装など、趣向を凝《こ》らしたショーで観衆を楽しませるのだ。

チームごとに物語《コンセプト》があり、統一された世界観で作り上げられるステージは、ストリートを舞台にした壮大なオペラのようだとも評される。

審査は採点方式で、パーカッションバンドのリズムやサンバの曲、音と視覚およびリズムとダンスの調和、パレード全体のテーマ、山車《フロート》やコスチュームの芸術性と独創性、先頭グループのアピール性などがポイントとなる。

自分が参加しているチームが上位に入賞することは、カリオカ＝リオ市民にとって最高の栄誉なので、彼らは何ヶ月もの時間とエネルギーを、楽器と踊りのレッスンに費やす――らしい。

らしい――というのは、すべて人づてに聞いた話だからだ。蓮《れん》自身はリオのカーニバルを観に行ったことはないし（映像で観たことはある）、それどころか自国のカーニバルでさえ、これまで参加したことはなかった。

リオに比べればずいぶんと小規模ながら、ハヴィーナのカーニバルも人気があり、その時期のエストラニオの首都には、国内のみならず、世界各国から観光客が押し寄せてくる。

ハヴィーナのカーニバルは市民参加型だ。スタジアムでの開会式のあと、有名な歌手を乗せたパレード用のトラック「トリオ・エレトリコ」が次々スタートする。トラックの上の歌手は歌いながら街のなかを行進していき、一般市民はそれを沿道から眺め、贔屓《ひいき》の歌手のブロコを見つければパレードに参加し、共に路上で歌い、踊る。

結果的に大変な人出となるので、警護が追いつかないというのが、これまで蓮がカーニバルに不参加であった理由だ。大勢の人間が入り乱れる場所に、シウヴァの当主が身を置くのは危険であるという判断によって、幹部会から許可が降りなかった。蓮自身、あまり人混みは得意ではないので、その判断に特に不満がなかったというのもある。

ハヴィーナのカーニバルは、週末の二日間の開催だ。

この二日間を含めた前後四、五日は、交通渋滞もさることながら治安も悪化する。観光客目当ての犯罪者が、地方から一気に流れ込んでくるせいだ。もちろん警察も警戒するが、開催期間中は路上に押し寄せる群衆を捌《さば》くことで手一杯となり、あまり機能しなくなる。

そんな事情もあって、エストラニオの上流階級《セレブ》のなかには、カーニバル期間中は国外へ脱出する者が少なくない。彼らに言わせれば、「カーニバルは下層階級のイベント」で、「貧者のガス抜き」ということになる。

だが庶民にとっては、年に一度のハレの日だ。二日間の祭典を、老いも若きもとても楽しみにしている。

ところで、この祭りに誰もが――スラムの住人であっても――分け隔てなく参加できるようにするためには、まとまった資金が必要となる。

この資金援助は、ハヴィーナに本社機能を持つ企業が持ち回りで担《にな》うのが決まりだ。数社で分担する年もあるが、今年はシウヴァ・ホールディングスが一手に担うこととなっていた。祖父の代にも幾度かスポンサードを務めたらしい。

また、金銭面だけでなく、カーニバル実行委員会にシウヴァからスタッフを出し、人的貢献もしている。蓮も一年に亘《わた》り、実行委員会の会議に参加してきた。適宜、決裁を下して、進捗《しんちょく》を見守ってきた。

幸い、開催に向けての準備は滞りなく進行し、スタジアムも万端整った。スポンサーの代表者としてのタスクは、残すところ一つとなった。

開会式のスピーチだ。

午前中の業務終了後、ランチタイムを挟み、蓮は午後二時にスタジアムに到着した。プレスルームでの記者会見を経て、現在はＶＩＰ専用の控え室にいる。ミニバーをはじめとしてホテルのサロン並みの設《しつら》えが備わった部屋で、蓮と一緒に出番を待つのは、秘書、ガブリエル、ボディガードが二名、実行委員会のスタッフが一名。

先程、実行委員会の主要スタッフと打ち合わせをして、段取りの最終確認をした。

地下の駐車場から、この控え室に移動する際、窓からスタジアムの様子が見えたが、観客席はすでに九割方埋まっていた。全チームの出発を観ることができるスタジアムのチケットは、両日ともに完売したらしい。実行委員会のスタッフが「立ち見も出ています」と盛況ぶりを喜んでいた。

スポンサーとしては喜ばしい事態であったが、個人的にはプレッシャーがかかる。

何度も推敲して完成させたスピーチ草稿は完璧に頭に入っているし、人前でのスピーチも初めてではないが、さすがにここまで大勢の前で話すのは初体験だ。

緊張のせいか、昨夜も眠りが浅かった。

肘掛け椅子に腰を下ろしていても、なんとなく尻が落ち着かず、ジャケットのポケットから携帯を取り出す。ホーム画面をチェックしたがメール着信はなし。緊急時を除き、日中に鏑木《かぶらぎ》から連絡がくることはないので、わかってはいたけれど、ちょっとがっかりした。

顔を上げて、ミニバーの前で秘書と話している長身の男をちらっと見る。

今日もスーツを隙なく着こなす洗練された物腰の男——ガブリエルに旧通用口を閉鎖されて以降、結局鏑木とは会えないままに、カーニバルの初日を迎えてしまった。

一度、流れからテレフォンセックスに至ったが……実際に抱き合うのとはやっぱり違う。一緒に達して、刹那的《せつなてき》な満足感を得たけれど、完全に充《み》たされることはなかった。

逢瀬の手段を断たれた蓮の衝撃を慮《おもんぱか》ってか、鏑木は毎夜電話をかけてきてくれるようになった。一日の終わりに恋人の声を聞くことで、いまはどうにか会えない寂しさを紛らわせている。

(けど、それもあと少しの辛抱だ)

開会式のスピーチというタスクを完了すれば、来週には休暇が待っている。

二週間前から申請して、どうにかこうにか一週間のオフをもぎ取った。前回の休暇からあまり時間が経っていないせいで、予測どおり幹部会に難色を示されたが、そこは強行突破した。初めて当主権限を使い、反対の声をねじ伏せたのだ。一週間のロスタイムを調整するために、戻ってから当分のあいだハードスケジュールに忙殺されるのは覚悟の上だ。

秘書は当初、当主権限を行使してまで休暇を求める蓮に困惑しているようだった。だが最終的には「一年に及ぶカーニバルのメインスポンサーという大きなお仕事を終えられたあとですから、区切りの意味でも、休暇を取られてリフレッシュされるのは肝要かと思います」と理解を示してくれた。

蓮の休暇中の当主代行は、今回もソフィアが務めてくれることとなった。

「レン、あなたがそこまで休暇を欲しがるなんて、滅多にないことですもの。私も代行にはだいぶ慣れたし、ガブリエルのサポートもあるし、大丈夫よ。任せて」

そのガブリエルが問題なのだが、無論ソフィアには本当のことは言えない。

そして、反対するかと思っていたガブリエルは意外にも、「休暇先でゆっくりするといい。いくら勤勉な日本人の血が流れているといっても、週に一日しか休まないなんて、きみは働きすぎだよ」と鷹揚《おうよう》に後押ししてきた。

すごく怪しい。やつのことだ。何事か企んでいるのかもしれない。

自分がいないあいだに、よからぬアクションを起こすつもりなんじゃないのか？

それについては鏑木と話し合ったが、だからといって、せっかくのチャンスを逃すべきではないという結論に達した。そこは『パラチオ　デ　シウヴァ』に同居するジンにしっかり監視してもらおう——ということで、留守中のガブリエルの監視役を頼んだところ、「了解。任せておけ」と快く請け合ってもらえた。

いまはなにを差し置いても、ブルシャの生息地を見つけ出すことが最優先だ。

鏑木のほうも、ジャングル出発に向けて着々と準備を進めており、毎晩進捗状況を知らせてくれる。

今回も頼りになる仲間、ミゲルとエンゾが同行してくれる予定だ。

今度こそ決め打ちにするつもりで、念には念を入れて、装備も万端にしているようだ。

鏑木と話していると心が逸《はや》る。早く、ジャングルに飛びたい。

ジャングルに飛んで——父の日記が正しいのかどうかを確かめたい。

（それにはまず、今日のスピーチを成功させることだ）

最果てのジャングルに飛んでいた思念を、無理矢理現実に引き戻す。

スピーチのことを考えたせいで口腔《こうこう》が渇いた。ローテーブルのミネラルウォーターのペットボトルに手を伸ばした時、コンコンコンとノックが響き、ドアがガチャッと開く。

実行委員会発行のパスを首から下げたスタッフが顔を覗かせた。

「そろそろスタンド裏に移動していただいてよろしいでしょうか」

呼びかけにうなずき、蓮は肘掛け椅子から立ち上がる。

「レン」

近づいてきたガブリエルが、蓮のやや硬い表情を見てか、「緊張している？」と訊《き》いた。

「別に……」

平静を装っていたのに、見抜かれたのが悔しくて、ぷいっと横を向く。だがガブリエルは、蓮の大人げない態度にも、気分を害した様子は見せない。

「六万人の前でスピーチをするなんて、そうあることではないからね。——ちょっと待っていて」

言い置いて蓮から離れ、ローテーブルに近づいた。花瓶に飾られていた白薔薇《しろばら》を手折って戻って来る。

「ブラックスーツのせいか、胸元が少し寂しいようだ。これを」

そう言って蓮のジャケットのフラワーホールに、小ぶりの白薔薇を挿した。位置や角度を調整をしてから一歩下がり、目を細めて全身をチェックする。

「うん、とてもよく似合う。顔色がぐっとよくなった」

白薔薇なんて気障《きざ》じゃないかと思ったが、みんなの手前、露骨に邪険にもできず、「……ありがとう」と礼を言った。

「レン、大丈夫だ。きみならきっとできるよ」

励ましの言葉を口にしたガブリエルが、蓮の背中に手を添えて、「行こう」と促す。

迎えのスタッフの誘導に従い、人気《ひとけ》のない通路を歩いていくと、ほどなくして、ウワンウワンという反響音が聞こえてきた。ステージ裏に近づくにつれて、地響きは大きくなっていく。耳栓が欲しいくらいの音だ。

通路を抜けてステージ裏に到着した蓮は、さっきまでの音は、それでもまだ手ぬるかったことを知った。

ドンドンドンと地面を踏み鳴らす地鳴りのような音。

ダンダンダンと競うように打ち鳴らされる打楽器の音。

ピープーピーと空気を切り裂く笛の音。

なにより大きいのは、六万人規模のうわーっという歓声だ。

あらゆる音が入り交じった大音響に、足元がぐらぐら揺れているような錯覚に陥《おちい》る。秘書がなにか言おうとして身を寄せてきたが、スタジアムに渦巻く音の洪水に掻き消されてまったく聞こえなかった。

（なんだ……これ）

いままで経験したことのないシチュエーションに圧倒され、呆然としているあいだにも、周囲をスタッフがバタバタと走り回る。そのうちの一人がジェスチャーで蓮を呼んだ。立ちすくんでいたら、二の腕を摑まれ、引っ張られる。そのまま階段を上らされ——気がつくと蓮は、ステージに設置された壇上に立っていた。

目の前にはマイクスタンド。視界に映るのは、立錐《りっすい》の余地もなく埋まったスタジアム。すり鉢状の観客席は蠢《うごめ》いていた。シートに大人しく座っている観客など一人もいない。全員が立って体を揺らし、口々に奇声を発したり、歌ったりしている。

まるで一年間溜め込んでいたエネルギーを一気に放出するかのようだ。おびただしい量のエネルギーを吸収した鼓膜がビリビリ震える。

（……すごい）

六万人の観衆というボリュームは、蓮の想像を遥かに超えていた。少しでも気を許したら、人の熱気に呑み込まれそうだ。

「皆さん、どうかご静粛に願います。これより、本年度のスポンサーであるシウヴァ・ホールディングスのCEO、セニョール・レン・シウヴァよりスピーチを頂戴いたします」

場内アナウンスが入る。歓声はなかなか鳴り止まなかったが、「ご静粛に！」というアナウンスが何度か繰り返されているうちに、徐々に静かになった。

騒音のカオスから一転、しーんと静寂が横たわる。六万人の視線が自分に注がれているのを感じて、頭が白くなった。喉がカラカラに干上がり、脚が震える。

　こういう時の対処法はわかっている。深呼吸だ。大きく息を吸って、吐いた。ちょっとだけ脚の震えが収まる。

（よし。行け）

　怯《ひる》む自分を奮い立たせ、マイクに一歩近づいた。咳払いをしたのちに唇を開く。

「私はいま、シウヴァ・ホールディングスの代表として、この場に立っています」

　声が上擦っているのが自分でもわかった。――落ち着け。しくじっても死にはしない。

「本年度は、シウヴァ・ホールディングスが、メインスポンサーの栄誉に与《あずか》ることができました。エストラニオを代表する一大イベントであるカーニバルにかかわれるのは、とても名誉なことです。シウヴァの代表者として、このような満員のスタジアムで開会の日を迎えられましたことをうれしく思います。これもひとえに、実行委員会のスタッフや参加チームの皆さん、なにより、本日ここにお集まりくださった皆さんのおかげです。心より、お礼を申し上げます」

　何度も諳《そら》んじて頭に叩き込んでおいたおかげか、一度話し出すと、スムーズに言葉が出てきた。

　ここまでくれば、あと少しだ。そう思ったら自然と肩の力が抜けて、気分も落ち着いてくる。そのとたん、さっきまでは雑然とした塊《かたまり》にしか見えていなかった観客の様子が鮮明になってきた。

　壇上の自分を見つめている無数の顔、顔、顔。

　真剣に聞き入っている表情もあれば、あれがシウヴァの当主かといった好奇心剝き出しの顔もある。

　口許がにやついている若い男。なぜか怒ったような顔つきの中年の男。退屈そうな子供。隣同士でひそ

ひそ話をしている女性たち。瓶ビールを呷《あお》る老人。

人種のるつぼであるエストラニオを象徴するように、肌の色、目の色、髪の色、すべてが多種多様。あらゆる血を掛け合わせた結果として、一人として同じ構成要素を持つ者はいないと言ってもいいくらいだ。

蓮が普段接しているのは、『パラチオ　デ　シウヴァ』のスタッフをはじめとして、最低でも中流階級以上、もしくは上流階級に属する人々だ。それぞれ個性はあるが、基本的な知識と教養を備えており、同じようなグループに属しているため、まとまり感がある。

だが、世の大多数は、いまこのスタンドを埋め尽くしているような一般庶民だ。

バラエティ豊かで、雑多で、混沌としている。

そちらがスタンダードなのだと、改めて突きつけられた心待ちになった。

「…………」

蓮が黙っているので、観衆がざわざわしだす。ざわめきのなか、蓮はふたたび口を開いた。

「皆さんのなかには、スポンサーと言われてもぴんと来ない、シウヴァを遠い存在だと感じている方たちもいらっしゃるでしょう。特権階級の人間に、自分たち庶民のことなどわかるわけがない、と。世界的に格差社会が叫ばれる現在、そこに埋めがたい断絶があるのは、残念ながら事実です」

背後がざわついているのを背中で感じる。蓮が、予定されていた草稿とは異なるスピーチをし始めたからだ。

「皆さん、ご存じのようにエストラニオは多民族国家です。国民のほとんどは混血で、様々な国や民族をルーツに持っている。私にも、ご覧のとおり日本人の血が流れています。両親は早くに亡くなりましたので、私はアマゾン先住民族の血を引く育ての母と、ブラジルからの開拓民の末裔《まつえい》である育ての父に、ジャングルで育てられました。暮らしは貧しく、電気も水道も通っていませんでしたが、大自然に囲まれ、ある意味とても豊かな生活でした。十歳でハヴィーナに移り、そこからはシウヴァの一員として生きていますが、ジャングルでの生活は生涯忘れずにいたいと考えています」

いつしかざわめきは収まり、スタジアムはしんと静まり返っていた。

「私はできれば、懸け橋のような存在になりたい。私が日本人の血を引き、ジャングルで生まれ育った理由と意味が、そこにあるのではないかと思っているからです。いまはまだ経験も浅く、シウヴァ・ホールディングスのCEOといっても名ばかりですが、いつか自分の経験を活かして皆さんに寄り添える日を夢見て、日々精進を重ねていきたいと思っています。どうか、いましばらく、あたたかい目で見守っていただければ幸いです」

等身大のいまの自分の思いを精一杯の言葉にして、ふっと息をつく。

「ご静聴ありがとうございました」

蓮が挨拶でスピーチを締めくくったあとも、戸惑ったような沈黙は続いた。誰も、なんのリアクションも起こさない。

無言の圧力を感じて、首の後ろがちりっと粟立った。

(失敗した……か?)

気まずく立ち尽くしていると、不意にパチパチパチという拍手が聞こえる。群衆のなかの誰かが鳴らした音に釣られるように、まばらな拍手が起こった。ところどころで発生した拍手が、やがて大きなうねりとなってスタジアム内に伝播《でんぱ》していき、そこにピーッピーッという口笛が加わる。打楽器がダンダンダンダンと打ち鳴らされ、スピーチが始まる前と同じくらいの騒ぎになった。

「シウヴァー！」

「エスタ・ムイト・ベン・フェイト！」

「エスタ・ボニート！」

「ヴォセ・エ・オ・カーラ！」

歓声に応《こた》えるように片手を挙げる。すべての方角に満遍なく手を振ってから、壇上を下りた。バックステージに戻った蓮を、一同が拍手で迎えてくれる。

「レン様、スピーチ素晴らしかったです！」

そう言って駆け寄ってきた秘書は、うっすら涙ぐんでいた。その顔を見たら、いまになって心臓がドキドキしてくる。

「ありがとう。ごめん……驚かせてしまって」

自分でも、どうして突然、用意していたスピーチを変更してしまったのかわからない。

観衆の顔を見ていたら、自然と心の奥から言葉が溢れてきて――見えない力に背中をとんっと押されたような感覚に捉われた。

ここ最近、アンドレと再会したり、父の日記を読んだりして、自分の役割について考えることが多かったせいかもしれない。

「あらかじめ用意されたものではなく、きみ自身の言葉で語られたエモーショナルなスピーチが、とてもよかった。それが伝わったから、観衆も喝采を送っているんだろう」

ガブリエルが微笑みを浮かべ、労《ねぎら》いの言葉をかけてきた。

「だったらいいけれど……」

そう応じながら、蓮は心のなかで、目の前にいるのがガブリエルじゃなくて鏑木だったらよかったのにと思った。

恋人と、この高揚を分かち合いたかった。

自分のスピーチをどう思ったか、鏑木にこそ感想を聞きたかった……。

蓮のスピーチに続いて実行委員会会長による開会宣言が行われ、いよいよ一番手のチームがスタートする。

電飾がこれでもかと施され、巨大なスピーカーが積まれたトラックの上には、女性歌手と、彼女をサポートするバンド、そしてチームユニフォームを着たスタッフが乗り込んでいる。トラックの周囲を取り囲むのは、ガードマン役の屈強な男たち。彼らまで含めて一つのチーム――ブロコなのだ。

褐色の肌が映《は》える白い衣装を纏い、頭に白いターバンを巻いた女性歌手がアシェを歌い出す。アシェとは、神々から授かったパワーやエネルギーを指す言葉で、アフリカから労働力として南米に渡った黒人をルーツとする音楽だ。

彼女のパワフルなアシェが響き渡ったスタジアムは、急激にボルテージが上がり、歌声に負けじと歓声が沸き起こる。

ついに狂乱の祝祭《カーニバル》が幕を切ったのだ。

ステージ裏からＶＩＰ用観覧席に所在を移した蓮は、スタジアムを一望できる特等席で、次々とスタートしていくチームを見送った。観客も贔屓のチームを追いかけ、三々五々スタジアムを飛び出していった。スタジアムを出た各チームは、決められたポイントで路上ライブを行いながら、それぞれに割り振られたルートを行進《パレード》していく。

ここからは路上がステージとなるのだ。スタジアムの観客のみならず、街の群衆を巻き込んでのショーは深夜近くまで続く。最後には、どのチームもスタジアムに戻ってくるので、余力のある観客は一緒に帰参するらしい。解散は十二時を回るとのこと。

いくらメインスポンサーといえども、そこまではつきあえない。蓮のカーニバル関連のタスクは初日の今日がメインで、明日は閉会式に顔を出せばいいだけだ。

最後のチームを見送って控え室に戻った蓮は、プライベート携帯の機内モードを解除して、メールをチェックした。

（あ！）

鏑木からメールが届いている。あわてて文面を開いた。

【いまどこにいる？】

すぐさまレスを返す。

【いまはまだスタジアムだけど、七時にはここを出られると思う。八時には帰館予定だから、普段どおり十一時頃電話をくれれば大丈夫。連絡を待っている】

送信して、ほっと息を吐いた。今日は話したいことがたくさんあるので、鏑木の電話がいまから待ち遠しい。

「セニョール・シウヴァ、本日はお疲れ様でした」

挨拶に来た実行委員会の会長と少し話をした。その後、スタッフにも挨拶をして控え室から引き揚げ、地下の駐車場に移動する。いつものように二台のリムジンに分乗してスタジアムを出た。外はすでに日が暮れて、夕闇に包まれ始めている。

車窓から見るスタジアムは、ライトアップされて王冠のようにぴかぴかと光っていた。

カーニバルの開催中に街を走るのは初めてだが、やはり平素とは様相が異なる。まず、歩いている人の数が違う。みっしりと歩行者で埋まった歩道に人が収まりきらず、車道に溢れ出していた。はみだした人たちが、車道で大きな声で叫んだり、楽器を鳴らしたり、踊ったりしている。

そんな傍迷惑な輩《やから》に対して、車が容赦なくクラクションを浴びせかけるが、トランス状態とおぼしき彼らはいっこうに退く気配がなかった。みんな酔っ払っているのだろう。アルコールに——あるいは祭りの熱気に。

恐ろしい渋滞だった。ある程度の混雑は覚悟していたが、予想の十倍くらい遅々として進まない。

(これは……八時帰館は無理かもしれないな)

本来、スタジアムから『パラチオ　デ　シウヴァ』までは、最短で三十分ほどの道程だ。渋滞を見込んで一時間と踏んでいたが甘かったようだ。

それでも、かろうじてのろのろと進んでいたリムジンが、ある地点でぴたりと動かなくなる。秘書が後部座席から降りて、状況を確認しに行った。

五分ほどして戻ってきたが、その間《かん》も車の流れは微動だにしない。

「どうやらこの先で、マルガレッチ・ロマーナが乗るトラックがステージをしていて、三十分前から通行止めになっているようです」

マルガレッチ・ロマーナといえば、現在エストラニオ国内で一、二の人気を誇る、飛ぶ鳥を落とす勢いの若手シンガー。彼女の歌を間近で聴くチャンスともなれば、ものすごい数の人が集まってきて然《しか》るべきだ。

「困ったな」

ガブリエルが険しい表情でつぶやく。

各チームがどのルートを辿るかは、あらかじめ実行委員会から伝えられており、運転手も把握している。トラックにぶつからないようにコースを選んで走っていたのだが、時間が変更になったらしい。予定はあくまでも予定であって、カーニバルは生き物。興が乗った歌手が一曲でも多く歌えば、その分時間が押す──その繰り返しで大幅にずれたということのようだ。

「ある程度は予測していましたが、さすがにこれほどまでとは……。移動にはヘリを使うべきでした。私の認識が甘く……申し訳ございません」

青ざめた顔で謝罪する秘書に、ガブリエルが神妙な顔つきで、「それを言うなら私も同罪だ」と言った。

「いささか見通しが甘かった」

「カーニバルまっただなかの移動は初めてだし、予測がつかなかったのは仕方がない」

蓮は二人にフォローの言葉をかける。実のところ、誰のせいでもないハプニングだ。

「とにかくステージが終わるのを待つしかない」

蓮の見解に一同がうなずいた。

さらに十五分ほど待ったが、交通渋滞はまったく解消されず、それどころかますます路上に人が増えてくる。踊ったり歌ったりとハイテンションな男女が、車と車の隙間にも入り込み、蓮の乗るリムジンも完全に取り囲まれた。

ただでさえ興奮状態にある彼らの目に、黒塗りの高級車は格好のターゲットと映ったようだ。

血気盛んな若い男たちがリムジンに群がってきて、車体や窓をバンバン叩き始める。車体は通常のリムジンより頑強な造りになっているし、窓は強化ガラスなので破られる心配はない。プライバシーガラスでもあるので、外から車内は見えないはずだ。とはいえ窓にべったり顔を押しつけて覗き込まれるのは、気分のいいものではなかった。

あわてて秘書が窓のカーテンを閉める。複数のギラギラした好奇の目から遮断されてほっとした蓮は、誰にともなく問いかけた。

「ワンステージはどれくらいかかるんだ？」

「およそ九十分と聞いています。ただし場合によってはアンコールもあるとか」

秘書が答えているあいだにも、前後左右から車体をバンバン、ドンドンと攻撃する音が途切れなく続く。

「つまり、最低でもあと四十五分はこの状態か……」

「あっ、くそ！　ボンネットに！」

ボディガードが叫んだ。

次の瞬間、リムジンがぐらぐらと揺れ出す。路上から車に飛び乗った数人が、ルーフやボンネットの上で暴れ始めたようだ。ルーフを金属でガンガンと叩く音も鳴り響く。

「調子に乗りやがって！　我々が追い払います！」

ジャケットの下のホルスターから拳銃を引き抜いたボディガードが、いきり立って外に出ようとするのを、ガブリエルが「待て」と止めた。

「この状況でそんなもので脅《おど》したら、それこそパニックになって暴動が起きる」

「しかし……」

「このままでは危険なのはわかっている。一般市民に紛れた犯罪者もいるかもしれないからな」

「ではどうすれば……」

「車を替えよう。もう一台手配して、最短かつ安全なポイントに待機させる。我々はここから脱出し、合流ポイントまで徒歩で移動する」

「徒歩で移動ですか？」

秘書が不安そうな声を出す。

「それしかない」

厳しい表情で言い切るなり、ガブリエルは胸元から携帯を取り出し、『パラチオ　デ　シウヴァ』の警護主任に連絡を入れた。

「向こうはいまから『パラチオ　デ　シウヴァ』を出発し、十分で合流ポイントに着くそうだ。運転手を残して我々も向かおう」

ボディガードが後続のリムジンに乗る仲間に無線で作戦を伝える。

「後続車からも運転手を残して二名降ります」

「よし。レンを真ん中に配置したフォーメーションで移動するぞ」

後部座席から、まずはボディガード二人が降りた。続いてガブリエル、蓮、秘書の順だ。後続のリムジンからもボディガードが二人降りてきて、しんがりを務める。

車内から現れた黒ずくめの屈強なボディガードの迫力に怯み、リムジンを取り囲んでいた男たちがじりじりと離れる。それによってできたわずかな隙間を、隊列はゆっくり慎重に進んだ。だがすぐに、人の壁に突き当たって身動きが取れなくなる。

「退《ど》け！」

先頭のボディガード二人が大声を出し、やや乱暴に人波を掻き分けた。

「なんだよ！　いてーな！」

「押すなよ！　コラ！」

あちこちでブーイングが起こる。女性の悲鳴や子供の泣き声も聞こえ、蓮は気が気ではなかった。こんな状況でドミノ倒しにでもなったら怪我人《けがにん》が出る。

これならリムジンのなかで待機していたほうがよかったんじゃないのか。いつになく強引なガブリエルの指示に、つい従ってしまったけれど……。

(今更後悔したってしょうがない。ここまできたら、ほかの選択はないんだ)

自分に言い聞かせ、ボディガードがこじ開けて作った狭い空間を縫うように前進した。

……暑い。

密着した人と人が発する熱に蒸されて、毛穴から噴き出した汗がだらだらと滴り落ちる。ジャケットの下のシャツはもうびしょびしょだ。体臭や食べ物、油、下水、いろんなものが入り交じったにおいが体に纏わりつき、軽い熱中症にかかったみたいに、頭がぼーっとしてくる。

ふと、遠くから歌声が聞こえてきた。エネルギッシュで、高音に張りのあるアシェ。きっとマルガレッチだ。うおーっという地鳴りのような歓声も聞こえる。

前方から、ウエーブのように人の壁が波打つ。人から人へと伝わるサンバのリズム。

足元からじわじわと熱が上がってくる。

踊りたいと思った。

ネクタイを解《ほど》き、スーツと革靴を脱ぎ捨てて、裸足《はだし》で踊りたい！

そんなことを考えている自分に驚く。踊りたいなんて、いままで一度も思ったことがないのに。

カーニバルの熱狂に浮かされているんだろうか。

「レン様、もう少しですからがんばってください！」

背後から秘書に声をかけられ、はっと我に返る。

「俺は大丈夫だ。そっちも」

大丈夫かと、聞き返そうとした刹那。

頭上でバラバラと音がしたかと思うと、激しい雨粒が降り注いできた。

「うわーっ！」

「きゃーっ」

悲鳴が飛び交う。スコールだ。叩きつけるような集中豪雨に人々が逃げ惑う。どんっと誰かがぶつかってきて、蓮はバランスを崩した。よろめいたところを、さらに後方から強く押され、つんのめる。倒れなかったのは、倒れ込むスペースがなかったからだ。

まるで雨期のアマゾン川のごとく、予想がつかない動きをする人の渦に、蓮は巻き込まれた。うねる人の波にもみくちゃにされる。溺れないようにするのに精一杯で、一行とはぐれたと気づいたのは、だいぶ押し流されたあとだった。

「レン！」

「レン様！」

自分を呼ぶ声がかすかに聞こえる。だが、激しい雨に視界を遮断され、仲間の姿を捉えることはできなかった。

どうにかしてみんなのほうに戻ろうとしたが、足掻《あが》けば足掻くほど逆方向に押し流され、どんどん声が遠ざかっていく。

「くそっ」

バチバチと雨に打たれ、ずぶ濡れになりながら罵声を吐いた。もうここがどこだか、まったくわからない。四方八方を、一ミリの隙間もなくみっしりと大勢の人間に囲まれているのはわかるが、その姿も豪雨に煙ってはっきりしなかった。蓮を含めて、行き場を失った群衆が、滝壺の水流のごとく渦を巻いている。

「……………っ」

突如、首を絞められ、息が詰まった。どうやらネクタイの端が人の渦に巻き込まれてしまったようだ。じわじわと端を持っていかれて、首が絞まっていく。

「うっ……」

蓮は首元のネクタイを摑み、必死に引っ張った。なんとか巻き込まれた端を引き抜こうとしたが、力が及ばない。

「ぐっ……苦しっ……」

酸欠で、徐々に意識が遠くなっていく。

視界が暗くなり、ふっとフェイドアウトしかけた時、手首に圧力を感じた。

(誰かに摑まれている?)

遠ざかる意識を引き戻そうとするかのように、誰かが手首をぐいっと引っ張った。

ぐいぐい引っ張られて五十センチほど移動すると、巻き込まれていたネクタイの端が抜けたらしい。不意に首が楽になる。酸欠から解放されたら、今度は急に不安になった。

いま自分を引っ張っているのは誰だ?

雨と人の壁に邪魔されて姿は見えない。

反射的に抗おうとしたが、手首を摑んでいる力が強くて果たせなかった。結局、為《な》す術《すべ》もなく、見知らぬ誰かの誘導に身を任せる形で、人波をくぐり抜ける。

出し抜けに、全身を締めつけていた圧迫感が消え、息苦しさが消えた。

「はっ……はっ……」

肺に流れ込んできた酸素を必死に取り入れつつも、引き続き手を引かれて薄暗い階段を下りる。踊り場で折り返してさらに階段を下り、広い場所に出た――瞬間だった。

「ったく、なにをやっているんだ！」

いきなり怒鳴りつけられ、蓮は顔を振り上げる。視界に映り込むのは、雨の雫《しずく》が伝い落ちる浅黒い貌《かお》。くっきりと眉間《みけん》に刻まれた怒りの筋。憤《いきどお》りを宿す灰褐色の瞳。引き結ばれた肉感的な唇。

「かぶら……ぎ？」

にわかには信じられずに、濡れた手で目を擦る。

もう一度見返したが、そこには変わらず、憮然とした表情の恋人がいた。

（本当に鏑木だ……）

「え？　なんで？　どうして？」

なにがどうなって、ここに鏑木がいるのか。ルシアナの事件の際に、ホテル・エズメラウダに現れた時も驚いたが、それと匹敵するくらい混乱する。狐につままれた気分とは、まさにこのことだ。

「……っていうか、ここどこ？」

再会の喜びより当惑が勝って、思いついた質問を口にする。

「人波とスコールから逃れるための一時的な避難場所だ」

まだ怒っているような声で答えた鏑木が、周囲を一瞥《いちべつ》した。

「見たところ、雑居ビルの地下駐車場のようだな」

その言い回しから、鏑木自身もここがどこなのか、正確に把握していないのがわかる。

だが、駐車場であるという推測は正しいようだ。ざっと見回して、蓮も鏑木と同じ見解に達した。

コンクリートの柱が数本立ち並ぶ、窓のない地下空間。同じくコンクリートの床には白い枠線で囲まれた矩形《くけい》が並んでいる。駐車中の車が数台、青白い照明に照らし出されているが、人の気配はなかった。たったいま下りてきた階段からは、鳴り止まないスコールの音が聞こえている。

(つまり……鏑木はあのパニック集団をかいくぐって自分に近寄り、手を引っ張って誘導し、この駐車場まで避難させてくれたということか?)

場所とここに至る事情がだいたい把握できたので、根本的な疑問をいま一度ぶつけた。

「どうして鏑木がここに?」

「実はスタジアムにいたんだ」

少し落ち着いてきたらしい鏑木が返答を寄越す。

「スタジアムに⁉」

あの群衆のなかに鏑木がいた?

「ああ、おまえの晴れ舞台だからな。スピーチも聴いた。開会式が終わるのを待って、おまえにメールしたんだ」

「じゃあ、あの時のメールって……」

「そうだ、スタジアムで送った。七時にスタジアムを出るという情報を得たので、駐車場の出口でリムジンが出てくるのを待ち、バイクで追跡した」

「追跡？　どうして？」

　蓮の問いかけに、鏑木が渋い顔で「いま思えば、虫の知らせだったかもしれない」とつぶやく。

「小回りがきくバイクならまだしも、カーニバルの人混みのなかをリムジンのような大型車で走るのは相当な危険を伴うと考えた。無論、事前に諸般のリスクを考慮した上での判断だとわかっていたが、カーニバルは生き物だ。どんなアクシデントが起こるかわからない」

　実際に、そのとおりになった。もし鏑木が側近だったなら、リムジン移動という選択はしなかったのかもしれない。

「悪い予感が的中し、リムジンは渋滞に巻き込まれた。だがまさか車を降りて歩き出すとはな」

　無謀な行動に怒りがぶり返してきたのか、鏑木の声がふたたび低くなった。

「リムジンが興奮した群衆に攻撃され始めて、危険を感じたガブリエルが『車を替えよう』って言い出したんだ。『パラチオ　デ　シウヴァ』の警護主任にもう一台車を出すよう指示をして、安全なポイントで落ち合うことになった。だけど徒歩移動の途中でスコールがきて、周りがパニックになって……気がついたら、みんなとはぐれていた」

「おまえが押し流されていくのを見て肝が冷えたぞ。バイクを捨てて人の波に飛び込み、なんとか追いついて、捕まえられたからよかったものの」

「うん……ごめん」

素直に謝る。本当に、鏑木が救い出してくれなかったら、どうなっていたことか。あのまま首が絞まって窒息していたかもしれないし、転倒して圧死という可能性もあった。想像しただけで背筋が寒くなる。スピーチの件でキャパオーバーになり、それ以外の事柄まで手が回らなかった自分を反省した。秘書とガブリエルに任せきりにせず、移動手段に関しても、もっときちんと自分で考えるべきだった。

蓮の反省が伝わったのか、鏑木の表情がゆっくりと和らぐ。

「徒歩移動はおまえの判断ではないし、スコールは予測不能だった。運も悪かった。まあ、最終的にはいつもの悪運の強さを発揮してくれたがな」

フォローの言葉を紡《つむ》ぐ男の顔を、蓮は改めて見つめた。

悪運が強いんじゃない。鏑木が身を挺《てい》して助けてくれるから、ギリギリで救われているのだ。

自分が窮地に陥った時、いつだって救いの手を差し伸べてくれる騎士《ナイト》。それに甘えてばかりではいけないとわかっているけれど。

「鏑木……ありがとう」

心からの感謝の言葉を伝える。

「……蓮」

鏑木の双眸《そうぼう》がじわりと細まったかと思うと、不意に抱き寄せられる。逞《たくま》しい腕でぎゅっと抱き締められ、背中を反らした蓮の耳に、嚙み締めるような低音が吹き込まれた。

「無事でよかった……！」

蓮も厚みのある体に腕を回し、きつく抱き締め返す。二人ともびしょびしょに濡れていたが、そんなことはどうでもよかった。

湿った衣類越しにも、肌に馴染《なじ》んだ恋人の体温を感じる。いつしか恋人の登場に対する、戸惑いの気持ちは消えていた。入れ替わりに、熱い歓喜が込み上げてくる。

(神よ——こうしてまた鏑木と抱き合えたことに感謝します)

「……スピーチ、すごくよかったぞ。スタジアムにいても、おまえの真摯《しんし》な思いが伝わってきた」

耳許で囁《ささや》かれて、あっと思った。

もしかしたら……スピーチ終了後、静まり返ったスタジアムの静寂を破って、最初に拍手をしてくれたのは鏑木だった？

あの場にいない恋人と、想いを共有できないことを寂しく思っていたけれど。

(ちゃんと共有《シェア》できていたんだ)

それに気がついた瞬間、体の表層だけでなく、芯の部分がカッと熱を帯びる。

「俺も時々考える。ジャングル生まれのおまえがシウヴァの当主になった理由を。考えたところで答えなど出ないが……人智の及ばない運命的なものを感じるんだ。俺がおまえをジャングルまで捜しに行き、いまこういった形で側にいることにも理由があるんじゃないか、と」

「俺もそう思う」

蓮も深く同意した。

十歳の時、ジャングルに迎えに来たのが鏑木でよかった。

樹冠に身を隠していた自分を見つけてくれたのが鏑木でよかった。

神様、自分に鏑木を与えてくださってありがとうございます。

感謝の気持ちに促され、運命が巡り合わせてくれた恋人に、さらに強くしがみつく。

「……会いたかった……！」

濡れた体に体を押しつけ、熱い想いを吐き出す蓮を、鏑木も抱き締め返してくれた。ほどなくして、どちらからともなく体を離し、代わりに顔を近づけて唇を合わせる。ずっと欲しかったキスに胸が震えた。

この前のテレフォンセックスは、それなりに興奮したし、鏑木と一緒にフィニッシュできて達成感があった。

でもやっぱり、本物のキスには敵わない。

（ぜんぜん違う）

うっとりしながら口を開き、熱い舌を迎え入れる。押し入ってきた舌と追いかけっこした。逃げる蓮の舌を、鏑木が追いかける。すぐに捕まってしまうのがなんとなくもったいなくて、蓮は逃げ回った。すると鏑木が、じれたように蓮の後頭部を摑んでぐっと引き寄せる。口接が深まり、蓮は追い詰められ、逃げ場を失った。

「ふ……ん」

陵辱《りょうじょく》するようにじわじわと分厚い舌に搦《から》め捕《と》られて、ぞくぞくと背中が疼《うず》く。もう逃げている場合じゃなかった。一転して積極的に舌を絡めていく。

「ン、ふ……んっ……ぅ、ん」

いったん口を離し、角度を変えてもう一度合わせた。お互いの口腔内をまさぐり合う。

（……溶ける）

鏑木の舌の熱で口の粘膜が溶けそうだ。口だけじゃない。体もとろとろに蕩《とろ》けて、手足から力が抜けていく。

「……っ……」

口接を解かれた蓮は、そのまま脱力して、鏑木の腕からずるっと抜け落ちた。

「おっと」

鏑木が蓮の二の腕を摑み、床にへたり込む寸前に引き上げてくれる。きちんと立ち上がらせようとする鏑木をそっと制し、蓮は改めて、自分の意思で床に膝をついた。

「蓮？」

訝《いぶか》しげな声が頭上から落ちてきたが、それにはリアクションをせず、目の前にあるレザーパンツの金属ボタンに手をかける。ボタンを外し、ファスナーを下ろした。

「おい、蓮」

下着のなかから欲望を取り出す蓮を、鏑木が低音で諫《いさ》める。

こんなところで——と言いたいのだろう。わかっている。いつ誰が来るかもわからない場所だ。いまこの瞬間にも車の持ち主が戻ってくるかもしれない。

冷静な自分が、やばいぞと警鐘《けいしょう》を鳴らしている。だけどもう一人の自分は、それをねじ伏せるほどの大きさで、どうしても欲しいんだ！　と叫んでいた。

理性と欲望が激しい葛藤を繰り広げ、結局、後者が勝つ。

蓮はもう、内なる衝動を抑えられなかった。自分でも制御不能のマグマが、体のなかでぐつぐつ煮立っている。


カーニバルの熱狂に当てられたのかもしれない。

リムジンから降りて、歩き出した瞬間に、耳に届いたマルガレッチのアシェ。

スーツと革靴を脱ぎ捨てて裸足で踊りたいと思った――あの時の衝動が、熾火《おきび》のようにまだ体内で燻《くすぶ》っている。


普段は封じ込めている野生の血が、ふつふつと滾《たぎ》るのを感じた。

野生の血の滾るままに、蓮は手のなかの〝恋人〟に唇を寄せる。まだ勃起《ぼっき》していない欲望を両手で掴み、先端を舌先でぺろっと舐《な》めた。

鏑木の脚がぴくりと震える。

亀頭をぬるぬると舌で舐め回し、くびれを舌先で辿った。口淫の傍《かたわ》ら、手のひらでシャフトをさすり、親指の腹で皮膚を擦る。

蓮の愛撫に応えるように、少しずつ鏑木が硬くなっていく。素直な反応がうれしくて、ますます熱を入れて舐め、吸った。手応えをご褒美《ほうび》に、無心に奉仕し続ける。緩んでいた皮が張り詰め、亀頭も膨らんできて、ほどなく、手で支えなくても自立するほどになった。

舌先にぬめりを感じる。

(……濡れてきた)

鈴口から溢れ出た先走りを舌ですくい取ると、独特なえぐみが口に広がった。

蓮はほかを知らないけれど、人それぞれの味があるのだとすれば、これが鏑木の味。

この味を味わっていいのは自分だけだ。自分だけに許された特権。

そう思ったら、いつもは鳴りを潜めている征服欲と支配欲が鎌首をもたげてくる。

「……ふっ」

頭上から吐息が落ちてきたのを機に、上目遣いに恋人の様子を窺《うかが》った。そのあいだも舌と手の動きは止めない。

快感を享受《きょうじゅ》しつつ暴走を制御しようとしているような、少しひそめた眉根と、引き結んだ唇。

灰褐色の瞳はうっすら濡れて、薄いベールの向こうで、欲情の炎がゆらゆらと陽炎《かげろう》みたいに揺れていた。

熱く昏《くら》い眼差しで食い入るように見下ろされて、首筋がぞくぞくする。

(見られている)

自分が口淫する様を〝見られて〟いる。

その実感は、ある種の快感を呼び起こした。体に触れられる愛撫で得られる直接的な快楽と異なり、間接的だからこそ、じりじりと身の奥を灼《や》かれるがごとく……深い官能。

もっと気持ちよくなりたくて、気持ちよくなって欲しくて——蓮は鏑木に見えるように、舌を扇情的に閃《ひらめ》かせた。ぴちゃぴちゃとわざと音を立てる。

恋人の尖《とが》った喉仏が、ごくりと大きく上下した。唾を飲み込む音の生々しい響きにも煽《あお》られる。

下腹部に点った〝熱〟がじわりと熱量を増し、蓮は笑いそうになった。

視線と嚥下音《えんかおん》だけで、体がこんなに疼くなんて。

いくらお預けが長かったとはいえ……サカりすぎだ。

でも、それだけ鏑木に飢えているのは、隠しようのない事実。

(鏑木も同じくらい、自分に飢えていたらいいのに)

上空からの視線を感じながら、蓮は膨らんだ先端をじわじわ含んでいった。複雑な隆起が走るシャフトの三分の二ほどを含む。

口のなかが徐々に鏑木で充たされていき、やがてみっしりと隙間なく占拠される——この瞬間が好きだ。

恋人の質量が口に馴染むのを待って、顔を上下に動かし始める。

フェラチオは得意ではないし、テクニックにも自信がなかったけれど、恋人を気持ちよくさせたいという熱意だけは人一倍あると思う。

「……ぅ、む……ん、ぅん」

窄《すぼ》めた唇で圧をかけたり、裏筋を舌で舐め上げたり、くびれに下の歯で刺激を入れたり……思いつく限りの愛撫を加えていく。同時に指の輪で根元を絞り、陰嚢《いんのう》をやわやわと揉み込んだ。

時折、鏑木が「っ」と息を呑み、脚を揺らす。具体的な言葉は発しないが、快感を覚えているのは明らかだった。刻一刻と硬さと質量を増す雄《オス》が、官能のバロメーターだ。

もっと……もっと、よくなって欲しい。

(俺で……気持ちよくなって……)

限界まで口を開け続けているせいか、顎《あご》が痛くなってきた。舌の付け根も痺れてきて、しまいには感覚がなくなってくる。開けっ放しの口の端から唾液が滴り、顎を伝って首筋を濡らした。

「……ふ……っ……」

いつしか目の縁に溜まっていた涙を、鏑木が指の背で拭《ぬぐ》う。そのまま湿った髪のなかに手を潜り込ませ、地肌をやさしくさすった。

(気持ち……いい)

労いのようなマッサージが心地よくて、うっとりと目を閉じる。

蕩けそうな蓮とは対照的に、鏑木はさらに硬度を増し、ガチガチになってきた。凶器のごとく育ったそれが、危うく喉を突きそうになり、とっさに口から離す。

「はっ……はっ」

呼吸を整えていたら、二の腕を摑まれ、ぐいっと立ち上がらされた。

「か、ぶらぎ?」

そのまま一番近い柱まで引っ張っていかれ、両手をコンクリートにつかされる。背後に立った鏑木が、蓮のジャケットを剝ぎ取るように脱がせた。続けてベルトを外し、フックを外してファスナーを下ろす。元々雨に濡れて重量を増していたトラウザーズが、ベルトの重みで一気に足元まで落ちた。突然、素足が外気に触れた蓮は、ぶるっと震える。

上はシャツ、下は下着一枚になった蓮の股間を、鏑木がいきなり片手で摑んだ。

「あっ……」

地下に反響した声の予想外の大きさに驚き、あわてて口を閉じる。口淫に夢中ですっかり忘れていたが、ここは駐車場なのだ。

いまにも誰か人が来るかもしれない公共の場で、恋人の股間にむしゃぶりついていたおのれの節操のなさに、カーッと体が熱くなる。

ジャングルを駆け回っていた頃に戻ったかのような、本能の赴くままの行動。

シウヴァの当主として、許されない暴挙だ。

自分でもどうかしていると思う。でも今更止められない。

鏑木にも止めて欲しくない。飢えきった体を、こんな中途半端な状態で放り出されたら、おかしくなってしまう。

（お願い）

「……勃《た》っているな」

下着の上から欲望を握って、鏑木が耳許で囁く。大きな手で布越しに急所を揉みしだかれた蓮は、ひくっと喉を鳴らした。

「まだ俺がなにもしていないのに……ブロウジョブでこんなに硬くしたのか？」

詰《なじ》るような低音と、悪辣《あくらつ》な手の動きに、背中がぴくぴくと痙攣《けいれん》する。言われなくても、自分の浅ましさはわかっている。でも――。

「だ……だって……」

喘《あえ》ぐように言い訳を口にした。

「だって？」

「ずっと……欲しかった……から」

　ふっと笑うような気配がして、鏑木がもう片方の手で、下着のウェストのゴムを引き下ろす。七分勃ちのペニスがぶるんっと勢いよく飛び出した。

　不安定にゆらゆらと揺れるそれを、手のひらで直に握り込まれ、硬い皮膚の感触と自分より少し高い体温に包まれる。

「……ああ……」

　気持ちよさと安堵がない交ぜになって、喉から熱い吐息が漏れた。

（続けてくれるんだ……）

　よかった。うれしい。

　握った手でじわじわと圧をかけられ、背筋にジンと甘い痺れが走る。

　気持ちいいけれど、すぐに物足りなくなった。鏑木の手淫がもたらす、もっとすごい快感をすでに知っているからだ。

「う……動かして」

　上擦った声のリクエストに応えて、鏑木が手を動かし始める。はじめはゆっくりやさしく扱《しご》いていたが、さほど時を要さず、リズミカルなピストンに変わっていった。手の動きが速くなるにつれ、付け根から熱い感覚が這い上がってきて、先端に透明な雫が盛り上がる。溢れて滴り落ちた先走りが鏑木の手のひらを濡らし、ぬちゅっ、くちゅっと淫蕩な水音を立てた。

「んっ……はっ……はっ」

　喉を反らせて息を吐く。透明だったカウパーに白濁が混じり始め、袋が縮み、なかの球がきゅうっと上がってきた。熟した官能が狭い管を迫《せ》り上《あ》がり、いまにも体の外に飛び出そうとしているイメージ。

そのイメージすら白く霞《かす》んできて、切迫した射精感に圧《お》された蓮は訴える。

「あっ……出、る……出ちゃ……っ」

もう一押しでイケる！——という射精の直前で、不意に手を離された。

（え？）

涙の膜が張った目をパチパチと瞬《しばた》かせていると、下着がずるっと下がる。太股の途中まで下げられ、剝き出しになった尻を、真ん中から割られた。いきなり外気に触れたアナルがきゅうっと萎縮する。収縮した窄まりをこじ開けるように、節ばった長い指がつぷりと入ってきた。

「ひ、アッ」

異物挿入の衝撃に背中がたわむ。脊髄反射《せきずいはんしゃ》で括約筋を締めたが、カウパーを纏わせた指を阻《はば》むことはできず、ずぶずぶと侵入を許してしまった。

「んんっ」

押し込まれた指で、狭い筒を無理矢理拓《ひら》かれる痛みに、蓮は唇を嚙み締める。

（苦し……）

だけど、そこを緩めないと鏑木を受け入れられないのはわかっていた。ひさしぶりだし、ただでさえ鏑木のアレは大きいから。

しばらく鏑木は、抜き挿しを繰り返していたが、やがて指を入れっぱなしにして解《ほぐ》しにかかった。指を〝なか〟でぐるりと回転させたり、指の腹で擦ったり。

そのうち頃合いを見てか、指が二本に増えた。二本の指のそれぞれが、縦横無尽に動き回る。

「ん……うん」

奥歯を噛み締め、コンクリートの柱にしがみついて蹂躙《じゅうりん》に耐えていると、ぴりっと電流が走った。前立腺に当たったたらしい。

「は、あっ」

指の異物感でやわらかくなっていたペニスが、〝なか〟からの刺激でふたたび硬度を取り戻し、じりじりと上向いていく。もう大丈夫だと判断したのか、鏑木が指を引き抜いた。二本の指の代わりに、みずからの充溢《じゅういつ》をあてがう。

さっき蓮が育て上げたソレは、さらに充血を増し、触れただけでわかる灼熱を孕《はら》んでいた。焼きごてを押しつけられたような錯覚に陥り、とっさに逃げを打つ蓮の腰を、鏑木が摑んだ。絶対に逃がさないとでもいうように、がっちりと両手で固定して、後孔にぐっと亀頭を押し込む。めりっと体が軋《きし》んだ。

「アアッ」

甲高い悲鳴がコンクリートの空間に響き渡る。声を抑える余裕もない。

「……っ……」

「逃げるな」

押し殺した低音が耳殻《じかく》に吹き込まれた。

「……逃げないでくれ」

続く言葉は懇願にも似ていて――どこか切なげな恋人の声音に、衝撃で強ばっていた体から、力がふっと抜ける。それを素早く察知した鏑木が、機を逃さず、ぐぐっと押し込んできた。

「はっ……はあ」

内臓が押し潰されそうな、強烈な圧迫感に口を開き、意識的に息を吐く。ずっ、ずっと、押し入られるたびに、少しずつ自分が征服されていく感覚があった。

男の身で、屈辱とも言える侵略を許せるのは、相手が鏑木だからだ。

鏑木だから、なにをされても許せる。

鏑木のすることは、なんでも受け入れられる。

自分のすべてを明け渡すことができる。

(鏑木だから……)

パンッと肉と骨がぶつかり合う音が響き、結合の完了を知った。

腹の〝なか〟をみっしりと、鏑木の逞しい雄が埋め尽くしている。まるでそこに心臓があるかのように、ドクドクと脈打つ鏑木を感じる。

やっと一つになれた喜びに、ぎゅっと瞑《つぶ》った目蓋《まぶた》の下が熱く濡れた。

「……蓮」

名前を呼ばれ、蓮は首を捻《ひね》る。覆い被さってきた唇に、唇を押しつけた。口を開いて舌を差し出し、厚みのある舌を誘い込む。

「……う、んっ……ン」

ねっとりと舌を絡ませ合いながら、鏑木が灼熱の棒でゆっくりと〝なか〟を掻き混ぜる。ずるっと引き

抜かれて体じゅうの生毛がそそけ立つ。ずんっと押し込まれて、下腹部にじわーっと熱が広がった。

徐々に鏑木の動きが速く、激しくなり、唇の交わりが解かれる。

「あっ、あっ、んんっ」

一刺しごとに深く、重量感を増していく抽挿に、蓮は嬌声《きょうせい》をあげてコンクリートの柱に爪を立てた。

ペニスはいつしか、これ以上ないほどに勃ち上がり、先端から粘ついた愛液を滴らせている。ぬるつく欲望を握られ、追い立てるように扱かれて、ひりひり痛いくらいに感じた。

ふっ、ふっ、ふっと、荒い息が首筋にかかる。獣じみた息に、うなじが粟立つ。

パンパンパンと陰嚢でスパンキングされ、尻上がりに追い上げられた。剛直で突かれた場所が膨らみ、腫れ上がって、そこから官能が全身に拡散されていく。濃厚な快感に体中を支配され、指の先までビリビリと甘く痺れて……。

「ぁふっ……ン」

媚肉がうねり、わななき、屹立《きつりつ》に絡みついて、きゅうきゅうと収斂《しゅうれん》する。

「……くっ……」

低く唸《うな》った鏑木が、蓮の右脚を抱え上げた。片足立ちの不安定な状態で、斜め下からずぶりと挿入される。

「ああっ」

挿入角度が変わったことで、快感の種類も変わった。ズクズクと小刻みに突き上げられた場所から、新たな官能が放射線状に広がっていく。

最終モードに入った鏑木に、強靭《きょうじん》な腰遣いで攻め立てられ、容赦なく突きまくられる。もはや蓮は柱にしがみつく余力もなく、人形のように揺さぶられ続けた。

「あっ、ひっ……ん……んっ」

視界が前後左右にぶれ、脚がガクガク震える。鏑木に支えられていなかったら、崩れ落ちているだろう。もはや目を開けていられず、ぎゅっと瞑った眼裏《まなうら》に、無数の光の粒が煌《きら》めく。

クライマックスが近づいていた。

「かぶら、ぎ……っ」

失速する気配のない激しさに揺さぶられ続けながら、消え入るような声で恋人の名を呼んだ。

「……蓮っ」

だめ押しのごとく、張り出したカリで前立腺をぐりっと抉《えぐ》られて、粘膜がひくひくと痙攣する。眼裏の光の粒がパチパチと弾けた。

「い……くっ……」

高い声と一緒に、コンクリートの柱にぴしゃっと白濁がかかる。

「あ……あ……あ」

体が浮き上がるようなオーガズムのさなか、蓮は体内を暴れ回る恋人をぎゅうっと引き絞った。

「……くっ」

背後の鏑木が苦しげな息を吐き、胴震いする。マックスまで膨らんだそれが最奥で爆《は》ぜるのを、息を詰めて待ったが、その瞬間はついぞ訪れなかった。

硬さと熱を保ったまま、鏑木が体内からずるっと抜け出す。

「……っ」

直後、蓮は自分の尻が熱く濡れたのを感じた。


「……はぁ……はぁ」

二人分の荒い息遣いが地下空間に響く。いつの間にか、階段の上からスコールの音は聞こえなくなっていた。雨が上がったのかもしれない。

鏑木が事後処理の困難さを考慮して〝なか〟に出さなかったのだと気がついたのは、体の熱があらかた引き、冷静な思考が戻って来たあとだった。

ヴーッ、ヴーッ、ヴーッ。

床に落ちているジャケットのポケットから聞こえ始めた音に、二人一緒に身じろぐ。

それがマナーモードの着信音であることに気がついた蓮は、「俺の携帯だ……」と囁いた。

おそらく自分を捜している秘書からだろう。秘書には不測の事態に備え、プライベート携帯の電話番号のみ教えてある。もしかしたらさっきから鳴っていたのかもしれないが、セックスの最中は行為に夢中で気がつかなかった。

「秘書だな」

同じような推論に達したらしい鏑木が、蓮の首筋にちゅっとキスをして、ゆっくりと体を離す。

「出ないのか？」

「あとでかけ直す」

「そうか」

蓮の返答にうなずいた鏑木が、手早く自分の身繕いをしてから、蓮の尻をハンカチで拭い、下着と足元に落ちていたトラウザーズを引き上げてくれた。

「ありがとう」

礼を言って、トラウザーズのファスナーを上げて、ベルトを締める。雨に濡れた衣類が体に張りついて不快ではあったが、それを補って余りあるほどに、恋人と抱き合えた心と体は満ち足りていた。

「みんなを心配させてしまったな。……特に秘書には申し訳ないことをした」

床に落ちているジャケットを拾い上げ、後ろに回って蓮に着せかけた鏑木が、少し苦しそうな声を出す。

袖を通した蓮は、振り返って首を横に振った。

「それを言うなら俺が悪い。俺が我慢できなかったから……」

理性を放り投げ、熱に浮かされたようにお互いを貪り合っていた時間はおそらく二十分余り。でも、自分を案じている彼らは、その何倍にも感じたはずだ。

「秘書にはこのあとすぐに折り返し連絡して安心させるよ」

鏑木が「そうだな」とうなずく。

「――俺はもう行く」

秘書たちに姿を見られるわけにはいかないので、そうなるのは仕方がなかった。

「鏑木……本当にありがとう」

「次に会えるのはジャングルだな。明日また電話する」

「電話待ってる。ジャングルで会えるのも楽しみにしている」

鏑木がじわりと目を細める。大きな手が蓮の濡れた髪に触れた。

「蓮、愛してる」

最後にその言葉をもらえた蓮は微笑んだ。何度聞いても、うれしくて舞い上がりそうになる。

「俺も……愛してる」

顔を寄せ合い、唇を重ね合わせた。名残惜《なごりお》しげに指先で蓮の頰にタッチした鏑木が、未練を断ち切るように、離した手をぎゅっと握る。

踵《きびす》を返して立ち去っていく、黒のレザーに包まれた長身を、蓮は黙って見送った。鏑木は階段の踊り場でこちらを振り返り、蓮に片手を挙げたが、一瞬後には姿を消す。階段を上がっていく靴音が聞こえなくなるのを待って、蓮はふーっと息を吐いた。

短い逢瀬だったけど、会えて、抱き合えて幸せだった。

それに、近くジャングルで再会できると思えば、別れもそれほど辛くない。今回のジャングル行きの第一目的はブルシャ生息地の探索だし、ほかのメンバーもいるから、恋人同士としての時間は後回しになるとしても——。

「そうだ。……携帯」

ジャケットのポケットから携帯を取り出し、着信履歴をチェックすると、秘書の名前がずらりと並んでいた。

やはり、ずっとかけ続けていたのだ。

今更ながら申し訳ない気持ちになる。

だけど、あのままなにもせずに鏑木と別れるなんて、どうしてもできなかった……。

（なんて言い訳しよう）

履歴を見つめて電話に出られなかった理由を考えていた蓮は、地下に響く複数の足音に顔を上げた。柱の陰になっていて気がつかなかったが、鏑木が立ち去った階段の逆サイドにも階段があったらしい。

駐車場の車の持ち主が戻って来たのかと思ったが、違った。

階段から駐車場に姿を現した三人の男は、全員軍服を着ている。襟と袖口の金糸の装飾が漆黒の生地に映《は》える——遠目にも目立つ軍服は、エストラニオ軍の親衛隊のものだ。

親衛隊といえば、かつて軍人だった頃の鏑木が所属していたエリート部隊。ミゲルやエンゾも親衛隊の出身だ。

さらにもう一人、彼《か》のエリート部隊に所属する現役の軍人を蓮は知っている。一度しか会ったことはないが、ファーストインプレッションが強烈で、蓮の記憶に忘れられない爪痕を残した人物。

近づいてきた軍人たちの顔かたちがはっきりとした刹那、「あっ」と声をあげた。三人の先頭に立つ大柄な男が、いままさに思い浮かべていた人物だったからだ。

「……リカルド大佐」

ぴったりと撫でつけた、鴉《からす》の濡れ羽のごとく艶《つや》めいた黒髪と浅黒い肌。

顔の造作も体格も、なにもかもが大作りな偉丈夫。

黒々とした眉や、不遜に引き結ばれた唇も印象的だが、なにより男の個性を際立たせているのは、紫の瞳《ヴァイオレット》だ。

鏑木の元上官――リカルド・ヴェリッシモ。

初対面の際、その名を自分に教えた鏑木の、苦渋に満ちた表情が脳裏に蘇る。

鏑木とリカルドの過去の因縁を思い出した蓮の顔は、自然と曇った。だがそんな蓮とは裏腹に、リカルドはにこやかな笑みを湛《たた》えて近づいてくる。

蓮のすぐ手前まで歩み寄ってきた男が足を止めた。男の背後には、部下らしき二人の屈強な軍人が、こちらは無表情に控える。

「セニョール・シウヴァ、おひさしぶりです。パーティ以来ですね」

「……こんばんは。セニョール・ヴェリッシモ。――カーニバルの警備ですか？」

彼らがこの場にいる理由を、蓮なりに推測して尋ねた。

「ええ。大変な人出なので警察だけでは人員が足りず、軍も巡回に駆り出されていましてね。ですが、ここに来たのは別の理由です。あなたを捜していたのです」

「捜して？」

蓮は眉をひそめた。どういうことだ？

「シウヴァのプリンスの行方がわからないと、地上では大騒ぎになっています」

「……ああ」

その言葉で合点した。自分の行方がわからなくなり、さらに携帯も通じないという非常事態に、パニックに陥った秘書が警察に助けを求めたのだろう。結果、警察のみならず、軍にまで通達がいったに違いない。大事《おおごと》になっているのを察して、後頭部にうっすら汗を掻く。

自分が欲望を抑えられなかったことで、たくさんの人たちに迷惑をかけてしまった。

「ご心配をおかけしました」

神妙な面持ちで、目の前の男に謝罪する。鏑木との因縁を思えば、リカルドに対して好感情は持ち得ないが、それとこれとは話が別だ。

「予想外のアクシデントが重なって護衛とはぐれてしまったんですが、なんとか自力で難を逃れ、ここで豪雨が止んで人の波が引くのを待っていました」

鏑木のことは言えないので、多少の脚色を交えて事情を説明した。リカルドが「そうですか」とうなずく。

「無事でよかった。私たちがこれから皆さんのところまでお送りします」

そう言われてしまえば、いやだとは言えなかった。本来、軍の仕事ではないのにわざわざ捜しに来てくれたのを、無下にもできない。

リカルドと肩を並べて歩き出すと、二人の部下は後ろからついてきた。

「それにしても、よくここがわかりましたね」

階段に向かいながら、傍らの男に話しかける。いかに大がかりな捜索が行われたとしても、ピンスポットでこの場所を捜し当てることなど、可能なのだろうか。ここに蓮を連れてきた鏑木でさえ、正確な位置情報を把握していなかった。蓮自身もいまだに、どのあたりなのかわかっていない。

「GPSに誘導してもらったんですよ」

予想外の答えが返ってきて、ぴたりと足を止めた。横を歩いていた男も、背後の二人もつられて立ち止まる。

「GPS?」

横を向いて確認した。蓮のプライベート携帯はGPS機能をオフにしてある。プライベートでまで居場所を特定されるのが疎《うと》ましいからだが……。第一、オンになっていれば、とっくに秘書がここを捜し当てていたはずだ。

それとももう一つ、万が一に備えて、当主の指輪の台座にGPS端末が埋め込まれている。埋め込まれた端末の存在を知っているのは元側近の鏑木だけで、秘書も知らない。蓮自身、リカルドの口からGPSという単語が出るまですっかり忘れていた。

違和感からの流れでつらつらと考えていると、リカルドがすっと右腕を持ち上げ、蓮のジャケットのラペルを人差し指で示す。

「これです」

「え?」

指で差された場所はフラワーホールだった。

スピーチの前にガブリエルが挿した白薔薇が、あれだけ人波にもみくちゃにされても外れずに、まだ残

っている。

「……どういう意味ですか？」

「物わかりが悪いな、プリンス殿」

男の太い声が、いきなり下卑た色合いを滲《にじ》ませる。

「フラワーホールに小型の受信機が取りつけられていて、俺たちはその位置情報を追って来たというわけだ。もっとも、地下だったせいで、確定するのに手間取ったがな」

リカルドが、肉感的な唇の片端をいやらしく持ち上げた。

男の傲慢《ごうまん》な面構えに、控え室のガブリエルの姿がオーバーラップする。

――ブラックスーツのせいか、胸元が少し寂しいようだ。これを。

あの時、白薔薇を挿す振りをして、その実、受信機を取りつけていた？

（ということは、ガブリエルと目の前の男は……共犯《グル》？）

結論が出るのと同時に身を翻した。逃げようとした蓮は、後ろに控えていた二人の屈強な軍人にたちまち捕らえられ、羽交い締めにされる。

「くそっ……放せっ！　放せよっ」

手足をばたつかせて叫んだ。

「騒いでも無駄だ。誰も助けになど来ない」

「放せ、このっ……」

「うるさいガキだ。しばらく大人しくしていてもらおうか」

前に立ったリカルドが嘲笑を浮かべ、冷酷な眼差しで蓮を見下ろす。直後に、腹部に強い衝撃を受けた。

「うっ……」

みぞおちに叩き込まれたリカルドの拳《こぶし》が、めりめりとめり込んでくる。

「……ッ……ッ……」

(息が……できない)

酸欠で脳に霞《かすみ》がかかり、視界が暗くなった。体から力が抜けていく――。

両膝ががくっと折れる感覚を最後に、蓮の意識はブラックアウトした。

POSTSCRIPT

KAORU IWAMOTO

プリンス・オブ・シウヴァシリーズもいよいよクライマックスを迎えました。最終巻は、上下巻二冊組のボリュームでお送りいたします。

まずは上巻にあたる『紫の祝祭《カーニバル》』です。来月末には下巻にあたる『紅《くれない》の命運』が発売になりますので、どうか二冊まとめてよろしくお願いいたします。

シリーズの舞台を南米にしたからには、いつかは絶対に書きたかったカーニバル。シリーズ執筆当初から、ぼんやりとですが、クライマックスはカーニバルと絡めたいなと思っていました。ただ、ちゃんとそこに着地させられるのかは、書き始めてみなければわからなかったので、シリーズ六冊目にして、構想通りに落とし込むことができて感無量です。一年に一度の庶民の祝祭であるカーニバルの雰囲気や熱狂が、果たしてうまく表現できているかわかりませんが、少しでも読者の皆様に伝われば幸いです。

あ、カーニバル繋がりで、カバーのイラストすごくないですか!? 私は思わず「ひゃーっ」と声をあげてしまいました。テーマカラーが紫でタイトルが祝祭なので、どんなカバーになるのか楽しみにしていたのですが羽根!! なんてゴージャスで妖艶なカーニバル。さすがです。鏑木もワイルドな感じでかっこいいですよね。蓮もエルバも安定のクールさ。蓮川先生、モノクロを含めて今回も素敵なイラストの数々、本当にありがとうございました!

ツイッターアカウント：@kaoruiwamoto

さて、舞台設定はカーニバルですが、今巻にてひさしぶりに再登場のキャラがおります。蓮の〝兄〟アンドレ。初出は一冊目でまだ子供だったこともあり、大人になったアンドレを描くことができてうれしかったです。養父母とアンドレ、蓮の関係性については、一度きちんと総括しておきたかったので、ここで書くことができてよかった。個人的には、アンドレとエルバの触れ合いシーンが楽しかったです（笑）。

さてさて、次巻はついについに最終巻です。

登場人物も出そろい、物語はシウヴァとブルシャを中核に大きく動き出します。蓮と鏑木、そしてガブリエルは、大きな運命の輪に否応もなく取り込まれ、翻弄されていきますが、クライマックスということで、展開もスピードアップしているのではないかと思います。シリーズのメインステージの一つであるジャングルもたっぷり堪能できます。

今巻もハラハラなところで終わっていますが、一ヶ月ほど、続きを楽しみにお待ちいただけるとうれしいです。次巻『紅』でお会いするまで、皆様お元気でお過ごしください。

岩本薫

SHY NOVELS

紫の祝祭 Prince of Silva

SHY NOVELS346

岩本 薫 著

KAORU IWAMOTO

ファンレターの宛先
〒101-0065 東京都千代田区西神田3-3-9大洋ビル3F
(株)大洋図書 SHY NOVELS編集部
「岩本 薫先生」「蓮川 愛先生」係
皆様のお便りをお待ちしております。

初版第一刷2017年10月5日

発行者 山田章博
発行所 株式会社大洋図書
〒101-0065 東京都千代田区西神田3-3-9大洋ビル
電話 03-3263-2424(代表)
〒101-0065 東京都千代田区西神田3-3-9大洋ビル3F
電話 03-3556-1352(編集)
イラスト 蓮川 愛
デザイン 川谷デザイン
カラー印刷 大日本印刷株式会社
本文印刷 株式会社暁印刷
製本 株式会社暁印刷

ISBN978-4-8130-1314-3